ダグラス・ウォーレン
年齢：32歳　身長：190センチ
立場：グラン国近衛騎士団団長兼第一部隊隊長
グラン国王の乳兄弟。マーシャの自称兄を名乗っているが、ウザがられている。黙っていればモテるが、デリカシー皆無なのが難点。
ライニール・エイブラムス
年齢：29歳　身長：185センチ
立場：グラン国近衛騎士団第二部隊隊長
マーシャの同僚でラウル独りよがり劇場の被害者の一人。冷静沈着クールを代名詞にしていると思いきや、案外お茶目な所も。
婚約者に裏切られたので、子爵令嬢から王妃付き侍女にジョブチェンジしてみた
マーシャリィ・グレイシス
年齢：25歳　身長：158センチ
立場：王妃付き筆頭侍女
婚約者の浮気によって子爵令嬢から王妃付き侍女に転身。才女と名高いが、事実無根な悪評も多い。

ラウル・コールデン
年齢：28歳　身長：182センチ
立場：グラン国近衛騎士団第四部隊隊長
マーシャの婚約者。婚約解消を望まれているにも関わらず拒み続けている謎の思考の主。得意技は独りよがり劇場。
プリシラ・グラン
年齢：28歳　身長：160センチ
立場：グラン国王弟妃
元は平民で男爵令嬢だったが、王弟と恋仲になり王弟妃に。王弟との間に二人の子供がおり、ラウルは浮気相手(?)。

I used to be a Viscount's daughter. Betrayed by my fiance,
I job-changed to a Queen's handmaid.

婚約者に裏切られたので、子爵令嬢から王妃付き侍女にジョブチェンジしてみた

雉間ちまこ

illust. 煮たか

Contents

プロローグ

その日は、待ちに待ったデビュタントの日で、史上最高に最低な日だった。

私、マーシャリィ・グライシスはグラン王国子爵令嬢として、二年間の隣国クワンダとの交換留学を終えて帰国し、久しぶりの皇都と婚約者であるコールデン伯爵家嫡男ラウルのエスコートでの夜会の参加に舞い上がっていた。

とっておきのドレスに身を包み、華やかな憧れの夜会に挑む。その日は新年度に向けての夜会で、いつもより参加者も多く、私のようにデビュタントを迎える令嬢も多かった。

久しぶりの友人もいたし、なかなか会うことも少ない従兄《いとこ》や知り合いにも会えて浮かれるのも仕方ないと思う。だから、というわけではないけれど、ファースト・セカンドダンスをラウルと踊ってから、誘われるがまま兄や従兄などと踊っているうちに、ラウルとははぐれてしまったのだ。

調子に乗りすぎてしまったかなぁ、なんてのんきに思いながらラウルを捜して庭園を彷徨《さまよ》っていると、そこで目に入ってきた光景に足を止めた。

日の落ちた庭園に、ライトアップされた色とりどりの花をバックにした一組の男女。まるで物語のように幻想的で、二人の世界という雰囲気を醸し出している。

おもむろに男性は令嬢の手を取り跪《ひざまず》いた。

「我が名誉にかけて、貴女を守り、貴女の盾となりましょう。貴女の心が私に向けられていなくとも、この心が貴女を想《おも》い続けることをどうかお許しいただきたい」

それは愛を乞う騎士の誓いの言葉。とても美しい光景だった。けれど、私にとってはとても残酷な光景だったのだ。

悪夢を見ているのだろうか。まだ私はベッドの中で眠っているのかもしれない。そんな風に逃避をしても、現実は変わらなかった。

「……ラウル……？」

口からは擦《かす》れた声。人違いであってほしいと願った私の期待は見事に裏切られ、振り返ったのは驚愕《きょうがく》した顔の婚約者のラウルの姿。

「あ……っ」

私がいることに気づいた令嬢が慌てて扇で顔を隠したものの、彼女の顔には見覚えがあった。第二王子の婚約者だと先ほど紹介されたばかりではなかっただろうか。元は男爵令嬢だったそうだけど、第二王子との婚約の為《ため》にサイファン侯爵家の養女となったという令嬢。なぜ私の婚約者はその令嬢と共にいるのか。そして愛の告白なんてしているのだろう。その答えを、私は出すことはできない。

「マーシャ……」

小さな声で私の名を呼ぶラウルの顔色は真っ青だ。けれどそれ以上に私の顔色が血の気が引いて真っ白になっていることだろう。手は震えるし、喉はカラカラで声が出てこない。長いような、一瞬のような間に、誰よりも先に動いたのは、私でもラウルでもなく令嬢だった。

「あの……っ、その、違うのよ」

うろたえた様子で言い訳を始めた。

「えっと、あの、だから、誤解、しないでね？」

ぎこちない笑顔を貼り付けて彼女は言った。

令嬢らしからぬ言葉遣いに違和感を覚えたけれど、今はそれどころではない。彼女は誤解だと言うけれど、何が誤解だというのだろう。人けのない庭園で、お互いに婚約者がいるというのにもかかわらず二人きり。それだけでも不謹慎極まりないことで、騎士の愛の誓いまでこの耳ははっきりと聞いているというのに。伯爵子息と第二王子の婚約者のスキャンダル以外の何物でもないではないか。私はこの二人を責めていい立場にいるはずなのに、込み上げてくるのは悲しみだけ。泣き叫んで、喚《わめ》き散らしてもいいだろうに、しかし何もできなかった。

私と二人の間には、静寂だけが流れた。

ラウルも微動だにしないまま、言い訳も謝罪も言わない。

ただわかったのは、ラウルの視線が私から外れた、それだけで彼の気持ちを察するには十分で。

その後のことは、あまりのショックで覚えていない。

あれから、どうやって帰ってきたのだろうか。気がつけば王都にある屋敷の自室にいた。どうやらあの衝撃的な日から丸二日も経《た》っていたようで、自分でもビックリだ。

泣きながら寝たせいか、顔はパリパリしているし瞼《まぶた》も腫れぼったく重たい。ただでさえ大きくない目が更に小さくなってしまっていて、いつもより視界が狭いのだ。今の私は史上最強に不細工に違いない。ドレスも着たままベッドで泣き伏してしまったせいでしわくちゃで見るも無残な姿である。あんなにお気に入りだったドレスなのに、今は目にするだけで悲しい思いが込み上げてきてどうしようもない。

「お嬢様？」

ドアの向こうから私を呼ぶ聞き慣れた声がした。それと同時に扉が開き、私付きのメイドのメアリが顔を覗《のぞ》かせた。まだ物心つく前から私についてくれている一〇歳年上のメイドだ。

「お加減は……と聞くまでもないですね」

メアリは夜会で何があったのか把握しているのだろう。遠慮なく部屋に入ってきて、丸まっている布団の中の私をポンポンと優しく叩《たた》くものだから、我慢していたのに嗚咽《おえつ》が零《こぼ》れ始めて止まらない。

「うぇ……っ……ぇ」

「あーもう、そんなに泣いては体中の水分がなくなっちゃいますよ」

そう言われても自分では止められない。そんなに言うのだったらメアリが止めてよ、と毛布からほんの少し顔を出して言おうとしたら、すかさず腫れぼったい顔に冷たいタオルを当てられて文句はどこかに消え去った。さすがメアリ。私のことをよくわかってる。

冷たいタオルに私はほぅっと息を吐いた。タオルは涙を吸い取ってくれると共に火照《ほて》った顔を癒してくれる。

「はい、お水も飲んでくださいな。メアリはしわしわのおばあちゃんになったお嬢様のお世話なんてしたくないですよ」

「うっ……ぇ、ぇぇ……んぐ」

あんなに泣いたのにまだ涙が出てくるなんて、メアリが言うようにしわしわになってしまうのではないかと、ほんの少し心配になったけれど涙は止まってくれない。素直に差し出されるままにストローから水を飲むと、また更に涙が出てきた。悪循環じゃない、これ。

と思ったけれど、体は水分を欲していたようでコップは見る見る間にすっからかんだ。更にもう一杯差し出されて、それも飲み干した。

「これでしばらくは干からびませんね」

いい仕事した、と言わんばかりに大きく頷《うなず》くメアリ。確かにその通りなんだけど、

「もう、すこし、っ、やさしくして……ぇ！」

傷心している主人に対しての態度じゃないでしょう、これ。

メアリはいつもこうだ。どこかおちゃらけて主人である私に接してくる。絶対これは普通の主従関係ではないと思う。まぁ、それを咎《とが》めない私も私だが、そんなふざけた態度をやめないメアリもメアリだ。よそでそれをやったら良くて解雇。悪かったら不敬罪で首ちょんぱだ。ちょっとは感謝をしてもらいたい。

「もう、わがままなお嬢様ですね。これ以上優しくされたいなんて」

絶対優しくされてないから！　タオルと水はメイドの仕事のうちでしょう。当たり前の行為だ。今、私が欲しいのは、慰めとかいたわりとか、そう、もっと精神的なものだ。

それなのに、おもむろに鼻をつまんで顔をしかめるメアリが次に放った言葉は、

「っていうか、お嬢様臭います」

である。優しさの欠片《かけら》もない。

「うわ、くっさ、マジでくっさ！」

「言い方ぁぁ！」

メアリは嘆く私からひょいっと布団を取り上げた。

「ご入浴のご用意ができていますので行きましょうか、お嬢様」

有無を言わさぬ笑顔でメアリは言うと、後はもう彼女の独壇場だった。

抵抗する隙もなくあっという間に脱がされ、頭から指先まで念入りに洗われオイルで揉《も》まれ、合間には水分補給も欠かさず、気がつけばつやつやに磨かれた状態で鏡台の前にいた。もしかしたら夜会前より磨かれたかもしれない。このメアリ、態度に問題ありだが仕事はすこぶるできるのだ。

「さぁ、お嬢様キレイになりましたね。すっきりしたでしょう？」

「……むぅ」

確かにすっきりはしたけれど、素直に頷くには釈然としないものがある。

「メアリが心を込めて丹念に磨き上げちゃいましたからね。お嬢様に付いたアレ菌は一つも残っていませんよ。全部、このメアリが洗い流しましたからっ！」

「……あれきん？」

きょとんとメアリを見た。

「ええ、アレです。アレの分際でお嬢様のエスコートかつダンスまで踊ってくれちゃった分不相応なアレの菌ですよ。うん、アレの臭いもしないですし、いい香りです」

「アレって、菌って、……ラウルのこと？」

「え、何言ってるんです。アレの名前って『クズ』じゃなかったですか？」

いい笑顔で言い放つメアリだけれど目が笑ってない。

つまりあれだ。メアリ曰《いわ》く、ラウルはばい菌扱いで、エスコートやダンスで触れた個所は全て洗い流したと。しかも「くっさっ」と言っていた臭いはラウル臭のことで、それすらも残ってないと、そう彼女は言いたいのだ。

「お嬢様の頭の中まで洗えるものなら『キレイさっぱり、あら素敵』して差し上げられるんですけどねぇ」

残念です、とわざとらしく肩を落とす。

もし本当に頭の中を洗えるとしたら、メアリなら本気で洗うだろう。きっと思い出一つ残らない。

とどのつまり、メアリは名前を呼ぶのも厭《いと》わしいくらい相当怒っているらしい。何せメイドの身分で、伯爵子息を「アレの分際」だの「アレ菌」だの、更には「クズ」呼ばわりだ。

「ぶふっ……ありがと、メアリ」

「どういたしまして」

そしてこれが、メアリの優しさなのだろう。とってもわかりにくく、斜め上すぎる行動だけれど、メアリにしかできない優しさだ。

メアリの優しさという名の力業的入浴で、身体的スッキリ感も得られたが、それ以上に落ち着きを取り戻している私がいた。悲しみはまだまだ襲ってくるけれど、ホンの少しだけ状況を顧みられる余裕が出てきた。

「……ねぇ、ラウル様……来た？」

こんなことになってしまった以上、婚約状態は続けられない。

そう思って聞くと、メアリは首を横に振った。

「アレからは連絡もございませんよ」

「コールデン伯爵家からも？」

「伯爵家からは文《ふみ》が届いたと聞いていますが、内容までは……」

きっと婚約解消の申し出だろう。

留学する二年前までは頻繁に交流のあったコールデン家だ。人柄の良いご夫妻で、将来、お義父様、お義母様と呼ばれるのが楽しみだと言ってくれていたのに、なんでこんなことになったのだろう。

「お父様は何か言ってる？」

優しくて、頼りがいのある大好きな父。母を亡くしてから再婚もせず、兄と私を育ててくれた。今回のことで父を落胆させていないだろうか、と心配になる。

「旦那様は大変お怒りでございます。もちろんお嬢様にではなくアレにですよ。抗議の文を出されたと聞いております」

父の様子にホッとしたものの、ラウルから何の連絡もないことに落胆が隠せなかった。

「言い訳も謝罪もないのね……、そんなに嫌われていたかなぁ……私……」

そう思うと涙がまた込み上げてきた。

思い出すのは、庭園で見た二人の姿。

ピンク色の髪の令嬢はとても可愛《かわい》らしい大人の女性だった。身長が高めのラウルと並ぶと一対の人形のようで、とてもお似合いに見えたのだ。それに比べ私といえば、三歳も年下で、金髪の彼と並ぶと、明るめの栗色《くりいろ》をした髪のせいもあってか兄妹《きょうだい》のように見られることが多かった。この二年でだいぶ成長したとはいえ、ラウルにとっては妹のような存在だったのかもしれない。

確かにラウルとの婚約は家同士での決め事だったけれど、少なくとも私は彼が好きだった。

ラウルとの出会いは私が一一歳の頃。丁度、母が亡くなった年のことだ。

三歳年上で兄の同級生だったラウルが、王立学院の夏休みのバカンスにご両親と共に避暑で我が領内に遊びに来たのがきっかけだった。

その頃の私はかなりの内弁慶で、けれど兄の友人だというラウルの存在が気になって、兄の後ろから覗き見しているような子供だった。そんな私を兄はうっとうしそうにしていたけれど、ラウルは慣れないながらも優しくしてくれて、休みが終わりに近づく頃にはすっかり懐くようになっていた。婚約が決まったのもこの時だ。

隣国との交換留学生に選ばれた際も、本当は心細かったし、家族も友人もいない異国での生活は慣れるまで辛《つら》いものだった。けれど、ラウルは名誉なことだと応援してくれた。私なら大丈夫だって、そう言ってくれたから必死に頑張ってこられたのだ。異国の地で友達もできた。それこそかけがえのない親友ができたのも、手紙でいつもラウルが応援してくれたからだ。

会えない二年間も手紙を欠かすことなく交わしていたというのに、一体いつの間に他に好きな女性ができていたのだろう。手紙ではそんな様子は見られなかった。

顔を合わさなくても心では繋《つな》がっていると思っていたのは私だけだった？　ずっと心に別の女性がいることを隠しながら、どういう気持ちで私への手紙を彼は書いていたのだろう。

せっかくメアリがほんの少し立て直してくれた心がまたへこんでしまう。

「……メアリ……」

ん、と無言で手を伸ばすと、その仕草で察してくれたメアリはベッドの端に腰を掛け、私の頭を抱え込んだ。メイドとしては失格の行動。けれどそんなの今更だ。

「お嬢様はまだまだお子様ですね」

慣れた手つきで撫《な》でてくれるメアリを力いっぱい抱きしめ返す。

「いいの。悲しい時はこうやって泣くのが一番良いって教えてもらったもの……」

それを私に教えてくれたのは幼き日のラウルで、それを実行するのはいつもメアリの役目なのだから。


それから、ラウルからの連絡がないまま一週間が過ぎた。

そうして涙も枯れ果てた頃、父から呼び出された私は、久しぶりに自分の部屋から出て書斎に向かった。

そこには、父だけではなく兄も揃《そろ》っていた。

私を見るなり抱きしめてくれる父と、いつもは粗野なのに優しく頭を撫でてくれた兄。心配して部屋を何度も訪ねてきてくれたことも知っている。やっと部屋から出てきた私を見て安心したことも。

兄に促されるままソファに腰を掛けると、父がおもむろに話し出す。

「コールデン伯爵家と今後のことを話し合ってきたのだが……」

「はい」

ラウルからの謝罪も釈明もないまま婚約は解消されるのだろう。

この一週間、ラウルを待ちながらある程度の覚悟はしてきたけれど、心臓がギュッと締め付けられる。

「伯爵は、婚約状態継続を申し出てきた」

「え……？」

思ってもいない父の言葉に一瞬何を言われたのかわからなかった。

唖然《あぜん》としているのは私だけではない。

「はぁ？　あいつ頭の中に蛆《うじ》でもわいたのか??」

と、口悪くのたまったのは、兄でありラウルの親友であるカイトだ。

「伯爵は婚約解消を望んでおられる様子だったが、ラウル自身が婚約の解消を拒んだようだ」

「ラウル様が、ですか？」

「そうだ」

「どうして……っ？」

好きな人がいるのに。しかもその現場を私に見られているのに？

「それはわからん。ただ、約束通りマーシャが卒業次第婚姻をしたいと」

頭を左右に振りながら、父はうなだれる。

「んなふざけたこと言ってんのか、あいつ！」

「ラウルが何を考えているのかわからんよ。こんな不誠実な男だったとは……」

なぜ、どうして、という言葉が頭の中を回る。

婚約を継続したいのなら、まず謝罪なり何なり訪ねてくるべきだ。私と会いたくないのなら父だけにでも会いに来るのが先決だ。

確かに、彼は伯爵家で、子爵家に比べれば爵位は上だ。けれど、コールデン家とグレイシス家の婚約はあくまでも同等の立場で婚約が成り立っていた。それは、私はもちろんラウルだって承知しているはずだ。それなのに、自分の希望だけで婚約状態を継続するなど、なんて傲慢なのだろう。

「……婚約破棄は、できないのですか？」

震える声で父に告げた。

「できないわけではない、だがいいのか？」

「……っ」

婚約解消と婚約破棄は、似ているようで全く異なるものだ。

婚約解消は、正当な理由があり双方の合意があった上で円満に解消するといったもので、どちらかに非があるわけでもなく、世間体的にも悪く言われることはそうそうないだろう。

しかし、婚約破棄は違う。

婚約後、正当な理由がなく一方的な事情で無効化されるものであり、場合によっては慰謝料などの法的制裁が発生する。今回の場合、相手側の浮気という過失があり、子爵家が婚約破棄を申し立てたとしても正当破棄になり受理され、慰謝料が請求できる。逆に伯爵家が婚約破棄を申し立てても、こちらには何の過失もないので不当破棄となり却下される。もちろん慰謝料請求などもっての外だ。また貴族社会ではそれが致命的な醜聞になり、今後の婚姻や出世に影響を及ぼすことがあるのだ。それはあくまでも同等の立場での婚約が成り立った場合に限るが。

つまり、私が婚約破棄を申し立てることで、ラウルの将来に傷をつける。しかも伯爵家嫡男だ。彼だけではなく伯爵家そのものに傷をつけることになる。その覚悟があるのか、と父は私に問うているのだ。

「してやればいいじゃねぇか、それだけのことをあいつはしている」

兄が即答できない私を後押しするように言い放つ。

「ほかの女に好きだと言っておいて、マーシャと結婚したいなんざ、どの口が言ってやがんだ‼　俺の妹は玩具《おもちゃ》じゃねぇぞ‼!」

「カイトっ!!」

「あ……悪い……」

兄の言葉が心に突き刺さるけれど、私は首を横に振る。「玩具」なんて言い得て妙だと思ったのだ。兄の言う通りだとも。

ラウルは彼女に心を残したまま私と結婚しても構わないと、そう思っている。私がそれにどんなに傷ついていても、彼にとっては気にも留めないことなのかもしれない。心が伴わない結婚なんて、貴族社会ではあり触れてはいるけれど、私たちは違うと思っていた。それが間違いなのだ。

ラウルが私に向ける想いは恋や愛ではない。もうそれはいい。だけど幼馴染《なじみ》としての情くらいは持っていると、そう思っていたのに、彼の心にはそれすらないのだ。そう思い知らされた。

馬鹿にされている。侮られているのだ。ラウルにとって私は、そういう真似をしても許される存在だと、そう思われているのだ。

私の中の、ラウルに対しての小さな恋心が壊れた瞬間だった。

「……悔しい……っ」

頭に血が上っていくのがわかる。あまりの悔しさに体中の血が沸騰しそうだった。彼に裏切られたのは悲しかった。けれど心ばかりはどうにもならないということも知っている。謝罪してくれれば、きっと私は彼を許しただろう。だって彼の想い人は、この国の第二王子の婚約者で、どうあがいても彼の想いが成就することはないのだから。時間をかけて彼の心が癒えるのを待つこともできたかもしれない。自分に心を寄せてくれる日まで努力できたかもしれない。

だけど、もう無理だ。

「マーシャ……」

兄が私の手を握りしめる。私の体の震えを兄も感じ取っているだろう。

婚約破棄をして、彼の経歴だけではなくコールデン伯爵家にまで傷をつけることで、私の心が晴れるかと聞かれたら答えることができない。後悔するかもしれない、という思いが私に歯止めをかける。でも、この怒りの行き場がなくてどうしようもない。どこにぶつければいいのか。

「……コールデン家に迷惑はかけたくないわ。でもこのまま結婚するのも絶対に嫌」

我慢して結婚をするなんてごめんだ。そんなこと、絶対にしたくない。ラウルにだけだったら戸惑うことなく破棄を叩きつけてやれるのに。

「私は……っ、そんな軽く見られる女ではないわ……っ！」

彼の隣に立つ為努力をしてきた。

清楚《せいそ》であれ、可憐《かれん》であれ、淑女であれ。まだ、未熟なのかもしれない。けれどこんな扱いを受ける筋合いはない。

「よく言った、マーシャ」

「当たり前よ、冗談じゃないわ」

兄の手を力強く握り返し、父と視線を合わす。

「お父様、婚約状態は継続でも構いません。けれど、時期については頷けません」

「どうする気だ？」

「結婚するのは、私がその気になった時です」

そんな日が来るとは思えないけれど。

「その条件に彼が頷くと思うか？」

「頷かせてください。それが無理ならば婚約破棄を。それが私にできる譲歩です」

傲慢な行為には傲慢な行為で返してやる。彼が私をそのように扱うのだったら、私も同様にしたって構わないでしょう？

暫《しば》しの間の沈黙。その間、私は父から視線を外すことはしなかった。

「……わかった。伯爵に話しておこう」

「お願いします」

もしこれに彼が頷かなくても、もう構わない。その時は破棄をするだけだから。でも、きっと彼は頷く。想い人を守る為に頷かざるを得ないから。

そして案の定、後日コールデン家から了承の返事があったと父から聞いた。

きっと彼は私を甘く見ている。ほとぼりが冷めれば、私が絆《ほだ》されるとでも思っているのだろう。ラウルの知っている私は、彼のことが大好きで仕方がない子だったから。

でもね、ラウルの知らない二年間で私は色んなものを見て変わったし、強くもなった。

私がその気になることはないし、どんなにラウルが婚姻を望んでも頷いてなんかあげない。

女の意地、見せてあげるよ。ねぇ、ラウル？

第一章

王妃付き侍女となった私の現状

王宮の一室から聞こえてきた会話に私は足を止めた。

「ねぇ、ちょっと聞いた？」

「聞いた聞いた、あの侍女のことでしょう」

「そうそう、王妃付きの偉そうなあの人！」

「ただの行き遅れだと思ってたんだけど、なんとあの人の婚約者、ラウル様なんですって」

「ラウル様って、あの『悲恋の人』ラウル様でしょ！」

「そうよ、一途の代名詞、近衛騎士団第四部隊隊長のラウル様よ」

「それじゃ、結婚できるわけないのに、婚約者っていう立場にしがみついてんの。みっともなーい!!」

「いつか結婚できるとか思ってるんじゃないの。あの人何歳だっけ？」

「二〇代半ばよ」

「やだ、おばさんじゃない。ラウル様かわいそう！」

「恥ずかしくないのかしら。ラウル様の優しさに付け込んで婚約を解消しないなんて」

「普通は恥ずかしくてできないわよ」

「やだ、できるなら私がラウル様を幸せにしてあげたい」

「あんたじゃ力不足よ。馬鹿ねぇ」

「あの人ほどじゃないでしょ。ラウル様だって若い方がいいでしょ」

私が聞いているとも知らず、言いたい放題の彼女たち。王宮に勤める年若き新人メイドたちである。

私は彼女たちに聞こえない程度の小さなため息をついた。

あれから約一〇年。

王立学園を一年で卒業し、その年から侍女として王宮に出仕して九年目。貴族子女が侍女として出仕するのは礼儀作法や結婚相手を探す為のことが多く、私のように適齢期を過ぎても未婚のまま出仕し続けているのは珍しいのだ。

この一〇年弱、所や人は変われど、悪口はいつもだいたい同じことを繰り返し言われている。変わったのは、年齢のことを言われることが多くなったくらいだ。特に新人メイドは噂話《うわさ》がとてもお好き。ちなみに私は偉そうなのではなく、実際メイドから見たら偉いの。

王妃付き筆頭侍女を舐《な》めるなよ、と盛大に突っ込みを入れてあげたいわ。

私がお仕えしているのは、御年一八歳になるグラン王国王妃、マイラ様だ。

隣国クワンダに留学していた経緯もあり、私はわりとすんなりマイラ様にお仕えすることになった。元々、クワンダ国から王太子妃として輿入《こし》れされる予定だったのは彼女の姉王女だったのだが、クワンダ国の様々な事情により、マイラ様が輿入れすることになったのだ。御年九歳の時だ。

王太子の年齢は当時二〇歳。年の差婚である。政略結婚とはいえ、二〇歳と九歳では、どうやっても難しいのではないだろうか、と心配したものだが、なかなかどうして非常に仲睦《むつ》まじいご夫婦である。もちろん紆余《うよ》曲折があり、それを乗り越えてきたからこそのお二人だ。そんな両陛下にお仕えできる今の環境は、私にとって悪いものではない。

ただ気に食わないのは、王宮内でラウルの浮気が美化されていて、その婚約者である私の評判がよろしくないということだ。

ラウルは近衛騎士団第四部隊隊長という任についている。近衛騎士団は第一から第五までの部隊で編成されていて、第一部隊は陛下付き、第二部隊は王妃殿下付き、第三部隊は王弟殿下付き、第四部隊は王弟妃殿下付き、第五部隊は王弟殿下子息子女付きとなっている。つまり、ラウルは王弟妃付きの部隊の隊長なわけである。

私からすれば、王弟夫妻が結婚してから九年ほど経つにもかかわらず、今や一男一女の母となった王弟妃殿下の尻を追いかけている未練がましい男、としか言いようがないのだが、世間の評価は残念なことに違うのだ。

メイドの一人が言っていた『悲恋の人』とは、グラン国のみならず各国にて一世風靡《ふうび》した大衆向けのロマンス小説のタイトルで、叶《かな》わぬ身分違いの恋をした王女と騎士の、一途で清廉な悲恋の物語である。王女を慕い、そして守って最後には死んでしまう騎士なのだが、なぜか、その騎士とラウルを重ねていらっしゃるご婦人が多いのだ。王弟妃殿下を慕い守る姿が『悲恋の人』の騎士のようだ、と。

バッカじゃないの、プッフーッ!!! である。

それを聞いた瞬間、思わず飲んでいた紅茶を噴き出してしまうくらいには大爆笑だった。淑女の仮面はどこかに消えたよね、アホらしすぎて。

だって、どう考えてもおかしい。ラウルが王弟妃殿下に想いを抱いているのが周知の事実で、それを知った上で近衛として傍《そば》に仕えていることが受け入れられている。一歩間違えたら、王弟殿下公認の愛人だと言われ、醜聞になってもおかしくはない。それが『悲恋の人』で美化されている事実に、どうも私は理解ができないのだ。

本当に一途だったらさっさと婚約解消をするべきだし、本当に清廉だったら、婚約者がいる身で、婚約者がいる人に告白なんてしない。私がラウルの婚約者という立場にしがみついているという事実無根の噂も否定するべきである。私がひどい噂にさらされているのを彼は知っていて、自分に都合が良いのでそのまま放置しているのだろう。

それのどこが一途で清廉な騎士だというのか、甚だばかばかしい。似ているとしたら金髪碧眼《へきがん》の青年という外見だけ。それ以外は小説の中の人に失礼すぎる。ラウルも、彼を『悲恋の人』だと見立てている人たちも土下座して謝った方が良いとつくづく思う。まぁ、手を動かしているより口が動いていることの多いこのメイドたちは、近い将来王妃宮から他の宮に飛ばされることは間違いないだろう。

私はまた、ため息をついた。

いつまでもここで自分の悪口を聞いていていても仕方がない。そう思い踵《きびす》を返した私の視界に入ってきたのは、会いたくもない人たちだった。

即座に腰を折り、頭を下げる。

「ごきげんよう、マーシャさん」

王弟妃殿下プリシラ率いる集団だ。もちろん、近衛のラウルも後ろに控えている。毎回思うが、見事な金魚の糞《ふん》ぶりだ。

わざわざ足を止めて声をかけてくれなくてもいいのに、毎回すれ違うたびに彼女は私に声をかけるのだ。お茶会にすら誘ってくるのだが、何が悲しくて婚約者の浮気相手と仲良くお茶を飲まないといけないのか、全く理解できない。そもそも私の名はマーシャリィである。なんで友人でもないのに愛称で呼ぶんだこの人。

「お久しぶりでございます、王弟妃殿下」

「そうね、とても久しぶりだわ。マーシャさんたら、ちっとも私の宮に来てくれないんだもの。さぁ、お顔を見せてちょうだい」

「恐れ入ります」

お許しが出たので顔を上げる。

「王妃殿下はお元気かしら」

「はい。つつがなくお過ごしになられております」

「そう、良かったわ。もうすぐ新枕の儀でしょう。緊張なさっていらっしゃるのではないかと私心配で……」

新枕の儀、それは王族が結婚した初めての夜のこと。つまり初夜のことだ。

マイラ様は嫁いできた時の年齢が幼かった為、一八歳になるまで新枕の儀が延期になっていた。

「私、何かアドバイスができるかもしれないと思って、お訪ねするところだったのよ」

ふふっ、と可愛らしく笑い、後ろに控えている取り巻きの令嬢たちが「さすがプリシラ様、お優しい」なんて尊敬の眼差しをプリシラに向けている。

しかしだ、近衛とはいえ男性がいる前で新枕の儀の話題を出すのはいかがなものだろうか。内心、眉をひそめてしまう。

「王弟妃殿下のお心、マイラ様も嬉《うれ》しく思われることでしょう。ですが、申し訳ありません。今より王妃殿下はご予定がございまして、王弟妃殿下とお会いするのは難しいかと……」

マイラ様は暇ではないのだ。毎日のスケジュールはびっしり埋まっている。急に訪問されても会える確率は低いのだ。

先ぶれさえ出してくれればいいものを、と思うが言わない。面倒なことになるのは目に見えているし、その役目は私のものではない。

「ちょっと、貴女。せっかくプリシラ様が来てくださっているのよ。プリシラ様の為にお時間を空けるのは貴女のお仕事でしょう！」

はい、意味不明きた。そんなのは私の仕事ではありませんよ。何を勘違いしているのだろうか。マイラ様の為ならいざ知らず、なぜプリシラ様の為に時間を作らないといけないのか。礼儀を弁《わきま》えないのはどちらですかね。それとも何だ、王妃より王弟妃殿下の方が、優先順位が高いとでも言うつもりか、この赤髪の小娘は。

「まぁ、リフィ。そう言うものではないわ。マーシャさんだって一生懸命お仕事をされているのだから」

「ですが……っ」

私の仕事ができるできないの話ではなく、礼儀を欠いているのはそちらだという話なのだけど、わかっているのだろうか、この人たちは。

窘《たしな》められるも、納得がいかないリフィと呼ばれた令嬢は、キッと私を睨《にら》みつける。そんな睨み、痛くもかゆくもない私は、頭の中で『リフィ』の愛称である令嬢を思い浮かべる。そして思い当たったのは社交界デビューしたばかりのバウワー伯爵令嬢がいたということ。確か、伯爵夫人が立派な赤髪をお持ちではあったけれど、後妻だったと思うが違っただろうか。あれ？　なんて思っていた。

そんな当たりを付けている私をよそに、彼女たちは何やら芝居がかったやり取りを始めている。

「でもありがとう、リフィ。私の為に怒ってくれたのよね」

「プリシラ様……っ」

「王妃殿下にお会いできないのは悲しいけれど、リフィが私の為を思ってくれた、それだけで十分よ」

もう何だろう、この茶番劇は。

とろけるような笑顔でいたわるプリシラ様に、感動を隠せない赤髪の令嬢。更には、他の取り巻き令嬢たちもうるうると涙を浮かべて感動している。そして何より、さっきからチラチラとうっとうしいくらいに視線をよこしてくるラウルにイラつきが募る。

「出直しましょう。今度はきっと会ってくださるわ」

その言い方では、まるでマイラ様が拒否をしているようだ。来る前にきちんとお伺いを立ててくれれば、マイラ様は決して断ることはしないのに。

「マーシャさんもごめんなさいね」

「……とんでもないことでございます」

イラつきは頂点に達しそうだけれど、おくびにも出してはいけない。付け込まれる要因になりかねないことは絶対にしたくない。この人たちがどう解釈をするのかわからないからだ。

頭をしっかり下げ、こちらも詫《わ》びているように見せる。

「あっ、そうだわ、ラウル。お詫びにマーシャさんをあちらの宮まで送ってあげてくれる？」

何を言い出すのかと、ぎょっとした。

「いいえ、大丈夫です。お手数をお掛けするわけにはいきませんので」

慌てて断ろうとするものの、プリシラ様はにっこりと笑って言った。

「遠慮しなくていいのよ。だって二人とも忙しくてなかなかデートもできないのでしょう。いつも私がラウルを独り占めしているのは悪いわ」

ねっ、と有無を言わさない様子に言葉が詰まる。

「婚約者なのだもの、たまには二人の時間を持つのも大切よ」

浮気相手に言われても……。ちゃんちゃらおかしくて仕方がない。好意からきているのかもしれないが、こちらから言わせてもらえるなら大迷惑以外の何物でもない。誰が好き好んでこんな奴《やつ》と二人きりになりたいものか。

何とかしてよ、と内心舌打ちをしながらラウルに視線をやった。それなのに。

「プリシラ様がそうおっしゃるのなら私に否はございません。お心遣い感謝いたします」

と、頭《こうべ》を垂れているラウルに眩暈《めまい》がした。

「ふふふ、ゆっくりしてきてね」

そう言って、手をひらひらさせながらプリシラ様は来た道を帰っていく。取り巻き令嬢たちは憎々しげに私を睨みつけ後を追っていく。

残されたのは、何も言えなかった私と、プリシラ様の後ろ姿が見えなくなるまで見送るラウル。そして近くの部屋からこっそり覗き見している宮廷スズメたちだったのだ。

「……はぁ……戻ります」

私はそれだけを告げ、歩き出した。後を追うようにラウルが付いてくる。

この場に留《とど》まって、これ以上王宮スズメたちに噂話の提供をする気はないのだ。自然に足早となる。

「……」

「……」

「……」

「……何か？」

「いや……」

「そう、ですか」

これ拷問か何かだろうか。

言いたいことがありそうなそぶりを見せるくせに何も話さない。視線をよこすくせに私が見やれば速攻視線を外す。

何なの？　構ってちゃんなの？　は、笑わせてくれますねー？

昔から私から話題を振らなければ会話ができない人だった。私も兄のカイトも、どちらかというとおしゃべりが好きな方だったから、ラウルがしゃべらなくても困ることがなかったけれど、今はもう知ったことではない。まぁ、私と話さなくてもプリシラ様とは流《りゅう》暢《ちょう》に会話していたようだし、問題はないでしょう。

別に話をしないといけないわけでもないのだから、無視無視。知りませんよ。

まぁ、精神的苦痛ではあるけどね。本当に嫌なことって、時間感覚を失わせるものなのね。時間が進むのが遅いわー、なんて現実逃避をしながら、ただひたすら黙ったまま歩いた。その間も、ちらちら視線がうっとうしい。

「……マーシャ」

あら。珍しく話をする気になったのか、ラウルは私の名を呼んだ。返事をせずに、ちらりとラウルに視線をやるが目線は相変わらず合わせない。けれどそのまま彼は話を始めた。

本当に珍しすぎて意外だ。

「……久しぶり……だな」

「そうですね」

別にこのまま会わなくても問題はありませんでしたが、と心の中だけで付け加える。

「カイトは元気か……？」

「私も会っていないので確かなことは言えませんが、手紙を読む限り変わりはないと思います」

兄のカイトは王宮にて文官として出仕している。ついこの間、王宮内の私室に誕生日の祝いのプレゼントと手紙が届いたので、間違いなく元気である。

「兄に直接お聞きになったらどうですか。親友だったではありませんか」

「……あれから会ってない……」

でしょうね。兄は私以上に貴方の所業に怒っていたから。それを知っていて聞くのだから、私も相当性格が悪いとは思う。

しかし、本当に珍しく彼からの会話が成り立っている。彼はこの一〇年でちょっとは、会話スキルが成長したらしい。

「ネックレスは……気に入ってくれただろうか？」

「……ネックレス、ですか？」

首を傾《かし》げる。そんなもの頂いた覚えはない。

「先日、妃殿下のご領地視察の護衛の際に購入したのだが……」

「私に、ですか？」

小さくラウルは頷いた。

「頂いておりませんが、何かの勘違いでは？」

「おかしいな……」

そう言って、うろたえる様子を見せた。

大方、プリシラ妃殿下の崇拝者が何かしたのだと思うけど、そんなこと言っても恋に盲目な彼には意味がないので黙っておく。今までも似たような嫌がらせを受けたことがあったのだ。今更驚きもしない。むしろ、ラウルが私に贈り物をしていた、ということの方が驚きだ。気持ち悪い。今更、プレゼントなんてどういう風の吹き回しだろう。気味が悪くて、思わず鳥肌が立ってしまった。だからといって腕をさするわけにはいかないので必死に堪《こら》えていると、カツン、とラウルの靴音が止まった。

不審に思い、私も同じように足を止める。

「どうか……」

したんですか？　と問いかけようとして、真剣な顔をしているラウルに言葉を止める。

そして、おもむろに紡いだ彼の言葉に唖然とした。

「マーシャ……、君がプリシラ妃殿下に嫌がらせをしているという噂は本当だろうか」

はぁぁぁぁああ!?

あまりにも荒唐無稽な台詞にびっくりしすぎて即座に反応ができなかった。ポカンとした間抜け面をさらしているのではなかろうか。でも私の顔を見ているようで見ていないラウルは気づかない。

「もしそれが本当なのだとしたら……もうやめてほしい」

「は？」

気づかないばかりか、顔をしかめ、胸を押さえながら、いかにも心苦しいと言わんばかりの様子のラウルに、なぜか一人舞台を見ている気分になる。

「君が責めるべきなのは私だけだ。いくらだって受け止めてみせるから……」

彼女を責めないでくれ。お願いだ……。ですって。

珍しく多弁だと思いきや、内容はこれだ。ずっと言いたげにしていたのは、このことなのだろう。呆《あき》れ果てて、怒る気にもならなかった。

「あのねぇ……」

これでもか、っていうくらい、これ見よがしに大きなため息をついてやった。

ラウルは未《いま》だに神妙な顔をしている。張り倒してやりたい。

「なぜ私が王弟妃殿下に嫌がらせをしないといけないの？」

声のトーンも表情も変わらないまま、普通に聞いてみる。嫌味に受け取られないように、言葉遣いだけは昔のように砕けたものにした。その方が、ラウルに言葉が通じると思ったから。

「それは……」

言いにくそうなラウルに代わって先に私は言葉を紡いだ。

「貴方の想い人が彼女だから嫉妬してる、とでも思った？」

「……」

違うのか、という表情をするラウル。

「私はコールデン家に一〇年間ずっと婚約解消を求めているの。結婚を申し入れてきてるのは貴方。拒否をしているのは私。それなのに、なぜ彼女に私が嫉妬をするの？」

理由がないよね、と言葉を続けた。もしかして未だに私から好かれているとでも思っていたのだろうか。馬鹿じゃない？

「それに、私が嫌がらせをしてるなんて噂を誰から聞いたの？　誰が言っているの？」

「それは……」

「言えないかな、言えないよね。私が言ってあげようか。王弟妃殿下のご友人たち？　そ

れとも王弟妃殿下の宮付きのメイドかな？　違う？」

否定しないということは、間違いではないのだろう。

「ねぇ、近衛隊って、警護するだけが仕事じゃないよね。何かあれば捜査や調査、取り調べとかもするよね。まさか、噂を真に受けて、なんてことあり得ないよね」

「……っ」

「何か確証や証拠があって、私が嫌がらせをしているって言ってるのかな」

「しかし、先ほど……」

「先ほど？　もしかして、王弟妃殿下の来訪をお断りしたこと？」

ラウルの言葉にかぶせるように言い返す。

「……そうだ」

「それの何が嫌がらせなの？　私が王妃付き侍女なの知ってるよね。その私がなぜ王宮の廊下に一人でいたと思う？」

「……」

「陛下の執務室からの帰りだからよ。王妃様からのお手紙を陛下にお届けしたの。嘘《うそ》ではないわ。陛下がもう少ししたらこちらに来られるから、すぐにわかることよ。それに、もし私が断らず、王弟妃殿下が来られていたら、恥をかくのはどなた？」

感謝されこそ、非難される覚えはない。思い込みだけで物を言い、私を責めようなんて甘いのだ。

「そもそもね、先ぶれも出さずに押しかけるってどうなの？　王妃様に先ぶれを出さずにお会いできると勘違いされているのかな。そんなわけないよね。なんでそんな風に思えるの？」

王弟妃ってそんな振る舞いが許されるほどの立場だろうか。

「あと、私がいつ貴方を責めた？　いつ貴方が受け止めてくれた？」

私が求めたのは婚約解消だけだ。責めたいのなら婚約破棄を叩きつけている。そもそも一〇年前のことで、ただ一度として対話したことがないのだ。

いつまでも一〇年前のことを前提で話しているのは、責任のない噂好きの下働きと、王弟妃殿下サイドの人たち、そしてラウルだけ。

「……」

「どうして何も言わないの？」

反論できるものなら言い返してくればいい。一〇倍返しにしてやるから。

そう思って、はたと自分がヒートアップしているのに気がついた。せっかく冷静に話をしたかったのに、これじゃ女のヒステリーになってしまう。それでは駄目だ。

ふぅ、と深呼吸をして落ち着かせる。

昔のことは、もうどうでもいい。

今の話の論点は、私が謂《いわ》れのない疑いをかけられていることだ。

「……近衛騎士団第四部隊ラウル・コールデン隊長殿」

口調を変えた私に気がついたラウルは、ハッとして顔を上げた。

「私は王妃付き侍女として誇りをもっております。私の全てが王妃様の評価にも繋がることを知っております。責任ある行動を心掛けているつもりです」

恥じ入るようなことなどしない。

「私がそのようなことをしているというお疑いをお持ちでしたら、まず、言い逃れできない確固とした証拠をお持ちください」

疑う前に証拠を出してから物を言え。ひとえにそう言った。

何も反論ができないラウルは、しばらく黙り、そして一言だけ、

「……承知した」

そう言った。

最初からそうしろ、バーカ。と心の中で叫んだ。

「ぶおっほっ、っ!!」

突然の真面目な空気をぶち壊す変な笑い声に、びっくりして振り返る。

「そこにいるのは誰だ!」

いやいやいや、格好つけて言っているけれど、絶対おかしい。私が気づかないのは、ただの侍女なのだから仕方がないとしても、この人、騎士のはずなのに。

「ぶふっ、いや、ごふっ……すまん、すまん」

そう笑いを堪えながら廊下の柱から出てきた人物に、うわぁ、と内心頭を抱える。面倒

くさい人に見られてしまった。

「……団長」

こげ茶色の髪を瞳をもった、近衛騎士団団長兼第一部隊隊長、ダグラス・ウォーレン様だ。ラウルの顔が強張《こわば》る。それはそうだろう。情けない所を上司に見られたのだから。私と言えば、面倒な人に見られたなぁ、とうんざりしながら話しかけた。

「立ち聞きとは良い趣味ですね、ダグラス様」

「だから、謝ってるじゃないか、くくっ」

そんなに怒るなよ、と笑いながら、こちらに向かってゆっくり歩いてくる。

「全く謝ってらっしゃるようには見えません」

「わざと立ち聞きしてたわけじゃないさ。そもそもこんな所で痴話げんかをしているお前らも悪いんじゃないのか？」

「痴話げんかではございません」

謂れのない疑いの潔白を証明していただけだ。痴話げんかだなんてとんでもない。気持ちの悪いことを言わないでもらいたい。

私の横で立ち止まったダグラス様を睨みつける。そんな私の様子もおかしくてたまらないのだろう。また、ブフッ、と噴き出した。

「あ……の、団長。マーシャとは……親しいのですか？」

そんな感じで気軽に会話を交わしている私とダグラス様に、ラウルは不審に思ったのだろう。なぜ侍女の私と騎士団長がそんなに仲良さげなのか、とラウルは恐る恐るといった体で聞いてきた。

「ん？　そりゃ長い付き合いだからなぁ、親しいだろうよ、なぁ？」

何を思ったのか、にやりと嫌な笑みを浮かべながら私の肩に手を回すものだから質《たち》が悪い。

「……そんな……っ」

どうしてそこでラウルがショックを受けたような顔をするのか。本当に面倒くさい。

確かにダグラス様とは長い付き合いではある。けれど、それはラウルがショックを受けてしまうような色っぽい話ではないのだ。よくよく考えればすぐにわかるだろうに、なぜラウルが気づかないのか不思議で仕方がない。どれだけ私に関心がないのかわかるものだ。

ダグラス様は騎士団長で、それと共に陛下付きの第一部隊隊長である。しかも陛下の乳兄弟で側近中の側近。役職に就く以前から陛下と共に育ち、誰よりも陛下の傍にいた人だ。その陛下がご自分の妻である王妃殿下マイラ様に会いに来るのは普通のこと。当然ダグラス様もご一緒に来られるのだ。

両陛下は仲が良い。政略結婚だとは思えないくらい、とてもとても仲が良い。スケジュールに毎日二人のお茶の時間を設けるくらいには仲睦まじいのだ。つまり私がマイラ様付きの侍女になってから九年弱、毎日のように顔を合わせているのだ。しかも私たちは両陛下をお守りする戦友でもあるのだ。親しくなるな、という方が土台無理な話である。

「ダグラス様」

諫めるように名前を呼んで、ついでに肩においてある手をペシリと叩く。

「おっと、婚約者の前ですることではなかったかな。すまないな、コールデン卿《きょう》」

「……っ、いいえ」

言い方がわざとらしくていやらしい。もう絶対に面白がっていることがわかるから、尚更腹立たしくて仕方がない。それに、なぜラウルに謝るのだ。その前に私に謝罪してほしい。年かさはあるけれど、一応未婚のレディなんですが。

「ところで、お前らなんでこんな所で痴話げんかしてたんだ。仕事中だろ？」

それなりにからかって気が済んだのか、ダグラス様は言った。その問いに騎士モードのスイッチが入ったのか、背筋を若干正したラウルが答える。

「は、プリシラ妃殿下のご厚意により、彼女を王妃宮までお送りしております」

「王弟妃殿下の？」

厚意という名の余計なお世話ですけど、と内心ぼやく。

「執務室からの帰りに王弟妃殿下にお会いしまして、その流れで送っていただくことになったのです」

私はラウルの言葉を補足して伝えた。先ほどの私とラウルの話を盗み聞きしていたのだから、この程度の補足で十分状況を把握してくれるはずだ。

「あー、そうか。ならあとは俺が引き継ごう」

一瞬だけ思案する様子を見せて、ダグラス様は言った。

そう言ってくれるのを期待しておりましたとも。期待通りの台詞に、つい小さく笑みを浮かべてしまい、それを見たラウルの眉が僅かに歪《ゆが》む。

「しかし……」

「陛下からの言付けを頼まれていてな、俺も彼女に用があったから丁度良いだろ」

引き下がらないラウルに、ダグラス様は容赦なく言葉を重ねる。しかも、軽く圧力をかける無慈悲ぶりだ。きゃー、もっとやってやって！

「……っ、団長がそうおっしゃるのなら……」

隠しているようだけれど、悔しそうなのがバレバレだ。まぁ、そうなるよね。騎士団長に勝てるわけがないのだから、素直に戻ればいいのに、変な対抗心燃やすからこんなことになるのだ。ラウルの情けない姿に、少しだけ溜飲《りゅういん》が下がる。

「コールデン卿の婚約者殿は、俺にとっても代わりのない人だ。しっかりお守りするから安心して戻っていいぞ」

「……では、あとはお願いします」

渋々ではあるが、ラウルは騎士らしい仕草で頭を下げた。

「おお、了解した。ではな」

「は、失礼します」

そうして追い返されるように。ラウルは踵を返して戻っていく。

ラウルの後ろ髪引かれまくりの背中が見えなくなるのを待って、私はダグラス様を見上げた。

「……あれ絶対に誤解してますよ。どうしてくれるんです？」

せっかく素直に感謝していたのに台無しすぎる。何が『代わりのいない人』だ。ラウルに勘違いを増長させるようなことを言って、迷惑をこうむるのは私なのだ。

「いいスパイスになっただろうが」

「何のスパイスですか。いりませんよ、そんなもの。面倒なことになるだけじゃないですか」

きっとラウルは、私とダグラス様がただならぬ関係なのだと思っている。自分との結婚に頷かないのも団長とのことがあるからだ、とか、いつから裏切られていたのだろうか、とか絶対に自分の世界に酔いしれているに決まっている。ラウルが言えたことでは全くないだけどね。ああ、もう、気持ち悪い!!!

思わず頭を抱えうなだれる。そんな私を見て、ダグラス様が笑いながら、

「嘘は言ってないんだがなぁ」

「嘘ではないからって、許してあげませんけど!?」

代わりのない人、とか言われ慣れない言葉が嬉しくなかったわけではないですがね、ダグラス様は質が悪いからこれを面白がるでしょう。それが嫌。

横から「そんなに怒るなよ」なんて、笑いながら言ってくる人のことをガン無視していると、王妃の宮に戻る手前くらいで騎士の姿を見つけた。

銀髪碧眼、オールバック銀縁眼鏡《めがね》がトレードマークの近衛騎士団第二部隊隊長ライニー

ル・エイブラムス様だ。

「おぉ、ライニール！」

私が声をかける前に、ダグラス様が手を上げる。

「これはダグラス団長、お疲れさまです」

サッと敬礼を返したライニール様。そして、それから私にやった視線は厳しめだ。

「ずいぶんごゆっくりでしたね？」

うん、言われると思ってた。

確かに、陛下の執務室に行ってきただけにしては時間がかかりすぎているのだから、そう言われるのは当然のことだ。

「そう言ってやるな。いろいろ面倒なのに捕まっていたんだ」

「あぁ、いつものあれですか」

問われて、素直に頷いた。

面倒、の一言で事情が伝わるのは、これまでも何度も同じことがあったからである。

「しかし、それは言い訳になりません。ああいう輩《やから》は軽くいなしときなさい。相手にするだけ馬鹿ですよ。時間の無駄です」

全く同感です。

「今日はそれプラスだったものですから……申し訳ございません」

「プラス、とは？」

ライニール様は銀縁の眼鏡をクイっと押し上げて、私に問う。

一瞬、どう話せばよいのか迷った。そのままをお話しすればいいのだが、何とも言葉に困ってしまう。

「コールデン隊長に送っていただいていたのですが、その途中で、ですね……何と言いますか……」

「痴話げんか「ではございません。ちょっと黙りましょうか。ダグラス様」……おう」

ややこしくするのはやめましょうね、本当に。

「それで？」

慣れたものでライニール様もダグラス様のことを無視して、私の言葉を促した。

「言いがかりをつけられた上に、独りよがり劇場が始まってしまいまして……説教を少々……」

これ以上に合う言葉が見つからなくて、素直に口にしてみる。横で「ぶおっふっ」と噴き出しているダグラス様は無視無視。

「……独りよがり、劇場……」

伝わるかな、伝わらないよね、と思いつつ反応を窺《うかが》っていると、ライニール様はどこか遠い目をして私に言った。

「……貴女も大変ですね」

同情を込めた声でねぎらわれ、私は悟った。ライニール様、あれの被害にあったことあるんだ、と。

「……恐れ入ります……」

何とも言えない気持ちで、そう答えるしかなかった。

今や第二部隊隊長として、王妃様をお守りするのが当たり前の光景となっているが、実はまだ着任してから二年程度で、第四部隊の副隊長から第一部隊副隊長を経て、第二部隊隊長となられた方だ。ということは、ライニール様は以前ラウルの直属の上司だったわけで。ラウルは王弟妃付きの部隊が設立された当初から第四部隊に所属していた。といっても、最初から隊長に抜擢《ばってき》されていたわけではない。平の騎士から始めていただろう。

通常、護衛対象の一番近くで護衛するのは、隊長・副隊長だ。それ以外の近衛騎士は周囲を固めていることが多い。そこはきちんとされていたと思う。ライニール様の性格上、いくらラウルがプリシラ様のお気に入りだったとして、任務なのだから特別扱いをするなんて思えない。となると、プリシラ様の傍にいることができないラウルが、お得意の斜め上方向的思考で「彼女を守ると誓った。その誓いは誰にも邪魔はさせない」とか「私は屈しない。彼女をお守りするのは私の使命なのだから」とかの一人芝居を、ライニール様観客で上演してしまったのだと思う。あぁ、何て馬鹿。

ライニール様は、もう相当なご苦労をされたのだろう。想像するだけで目頭が……っ。

まぁ、その謎の頑張りで、経験を積み成果を上げて実績を作り、隊長へと昇進したことに対しては、大したものだとは思わなくもないけれど、だからといってよそ様に迷惑をかけていいという話にはならない。

私としては、ライニール様が第二部隊隊長になってくれたのは本当に僥倖《ぎょうこう》だったと思う。それがラウルの昇進と同時ということに関しては腑《ふ》に落ちない所だが、厳しい所があるものの、近衛騎士として優秀だし、誰かさんのように人をからかうようなことはしないし、仕事に私情も挟まない。当たり前のことが当たり前のようにできている方なので、一緒に仕事がしやすい。何より、同じ被害を受けた身としては同士感が募るわー。

「まぁ、その件については良いでしょう」

気を取り直すように、ライニール様は小さくかぶりを振り、未だにぐふぐふ笑っているダグラス様に視線を向けた。

「それで、貴方は何のご用件でこちらに？」

ライニール様からの冷たい視線、冷たい声音、冷たい表情をくらったダグラス様は、笑い声を一瞬で止めた。ちなみに私もすっごく冷たい目を向けていたのだが、ちっとも気に留められていない。なんでだ、おかしい。

「いや、面白そうなことやってるもんで、つい……」

ジロリ
「……っていうのは冗談だ」

「そうでしょうとも。団長様にそんな暇があるとは思えませんから」

「もちろんだとも」

「では？」

「こいつが困っていたみたいだから助け舟をだな」

ピクリ
「こいつ……？　まさか妙齢の女性に『こいつ』など、近衛騎士団長の任についている人とは思えない言葉が聞こえてきたのですが、聞き間違いですかね」

「侍女殿が、だ」

ニコリ
「それはそれは、王妃付《こちら》きの者がお世話になったようで」

「いや、当然の行為だ。なぁ」

タジタジという音が聞こえてきそう。全ての牽制《けんせい》を表情だけでやってのけるなんて、お見事です、ライニール様。ついついダグラス様に振り回されてしまう私としては、ぜひとも見習わせてもらいたい。

「……お前ら、実は兄妹かなんかだろ……」

肩を落としながら呟《つぶや》いたダグラス様の台詞に、私はきょとんと首を傾げるのだった。

「何ですって⁉」

王宮の東にある庭園で、可愛らしい声で高らかに叫んでいるのは、私の主《あるじ》でありグラン国王妃マイラ様。正式名はマイラ・Q・グラン様だ。

「私のマーシャに、あのノータリンめぇぇぇぇ‼」

キーッ、と今にもハンカチを破ってしまいそうな勢いである。

確かにあれはノータリンだけど、王妃がノータリンとか言ってはいけません。そう軽く諌めると「むぅ」と小さくむくれるものだから可愛くて堪《たま》らない。

「はぁ、頭が痛いな。なんでそうなるのか俺には理解ができん……」

そしてマイラ様のお隣に腰を掛け、眉間を押さえているのが、マイラ様の伴侶であるラインハルト・バル・グラン国王陛下である。

話の内容は、もちろん先ほど私が受けた被害のことである。後で報告だけするつもりだったのに、どこぞの団長様がポロリと零してしまったおかげで、洗いざらい話さざるを得なくなったのだ。今のように怒ってくれたり悩ませたりさせたくなかったというのに、本当に余計なことをしてくれたものだ。

「あれは頭の造り自体が我々とは違うのですから、考えるだけ無駄ですよ」

ライニール様が陛下の言葉にそうお答えするが、陛下の眉間のしわは取れない。

「ライニール様のおっしゃる通りです。私のことでしたらお気になさらないでくださいませ」

陛下とマイラ様に新しく淹《い》れ直したハーブティーをお出しする。頭と気分をスッキリさせる効能があるペパーミント配合のお茶だ。いい香りに、私はにっこりと微笑んだ。

「あれくらい、毒々しい蛾《が》が数匹寄ってきて少々気持ち悪かった程度のことですよ？」

最後のでっかい蛾がやたらと気持ち悪くてじんましんが出そうだったけれど。

「……笑顔で言うことか、それ」

「えー……それが、その程度なの……いやぁ……」

陛下はげっそりとした表情をし、マイラ様は蛾が寄ってくるのを想像してしまったのか、気持ち悪そうに二の腕を手でさすった。

その程度ですよ。いなくなれば平気だし、気持ち悪いのは寄ってくる時だけだし。

同じ王妃付き侍女のマリィが、私と同じように焼き菓子を両陛下の前に置く。軽い食感のクッキーの間にチョコレートが挟まっているものだ。

「マーシャさんに集まってくる蛾ってことですねぇ。一か所に集まってくれているおかげで対処しやすくていいじゃないですかぁ」

マリィがきゃらきゃらと無邪気にそう言った。

語尾が伸びてしまう癖がなかなか直らず、一見のんびりとした穏やかな娘に見えるけれど、なかなかどうしていい性格をしている。

「灯《あか》りを交代してくれてもいいのよ、マリィ？」

「ごめんなさい。無理です」

そうでしょうとも。私も関わらないで済むなら関わりたくない。寄ってくるから仕方なく相手をしてあげているだけだ。

「でも類は友を呼ぶってことですよねぇ。愉快なおつむを持つ人って結構いるものなのですねぇ、不思議ですぅ」

「見ている分には面白いんだがなぁ」

「ダグラス様はそうかもしれません、ね！」

「いっ……!!」

すれ違いざまにヒールの踵《かかと》で思いっきり踏みつけてやる。このくらいの仕返し、騎士団長様にはどうってことはないでしょう、ねぇ？

「その類に貴方も入っていることを自覚した方がいいと思うわ、ダグラス」

「っ……てぇ……、俺？」

マイラ様に言われた言葉が理解できないダグラス様は首を傾げる。

「フォローはできんぞ、ダグ」

陛下にまで言われるものだから、更に首を捻《ひね》るダグラス様を誰も擁護はしない。

まぁ、私とラウルのアレを「痴話げんか」と称するおつむは愉快以外の何物でもないでしょうよ。

「あー、からかったのは悪かったが、どっちにしろ報告は必要だっただろ？」

「だからといって、ダグラス様のような方法は好きにはなれません」

プイっと顔を背ける。

「お前の報告は簡潔すぎて足りんだろうが……」

はぁ、とため息をつくダグラス様。そして苦笑したライニール様が言葉を加えた。

「概《おおむ》ね、今回の報告は『王弟妃殿下のご友人』『贈呈品の紛失』『嫌がらせ疑惑の噂』といったところでしょうね」

「それ以外に何か？」

ライニール様が言った通り、その三点の報告をしようとしていたのだ。

『王弟妃殿下のご友人』に関しては、シエルリーフィ・バウワー伯爵令嬢の存在があったということ。他二名は確か昨年からご友人とした王弟妃に侍《はべ》っていたサラーディア・エルングラッド伯爵令嬢とエイリア・ブーレラン子爵令嬢だったはずだ。

『贈呈品紛失』に関しては、品がある程度高価な物であることが推定される為、以前と同じように個人的攻撃なのか、または別の理由にての盗難なのか、王宮内の不祥事にも関わる可能性があるので、調査を進言。

『嫌がらせ疑惑の噂』に関しては、一〇年も経って今更このような幼稚な嫌がらせの噂が出回るということに不自然さを感じた為、他に何らかの思惑があるのではないかとの疑念。

以上。何が足りないというのか、私にはわからない。

「えー、『誰から贈られたプレゼントなの？』とかぁ、『噂は誰から聞いたの？』って、私は気になりますよぉ。経緯ってやつですねぇ」

「えぇ？」

余計なことでしょう、それは。独りよがり劇場の詳細とか、伝わるのはあれの気持ち悪さぐらいだ。

「報告に必要だとは思えないですが……」

うーん、と私は頭を悩ませる。

「いいえ、私にとっては必要よ」

「マイラ様……」

椅子から立ち上がり、私の目の前で立ち止まる。

「貴女が考えそうなことはわかっているわ。私を自分のことで煩わせたくないとか思っているのでしょうけど、そんなの余計なお世話よ」

マイラ様は私に真っ直《す》ぐな眼差しを向けた。

「私は貴女の為に怒りたいし、泣きたいし、笑いたいわ。それをあなたが奪う権利はないわ、そうでしょ？」

私の手を取って伝えてくれたマイラ様の言葉。

「貴女のそれは美点であり欠点ですよ。少なくとも、我々は貴女の為に怒ったり泣いたりすることを煩わしいとは思わないということを心に留めておきなさい」

「もちろん、笑うのは大歓迎ですよぉ」

ライニール様もマリィも同調するものだから、何とも言えないむずがゆい感じに居心地がどうも悪くて、つい俯《うつむ》いてしまう。耳がやたらと熱くて堪らない。

わかっている。

戸惑いや申し訳なさ、気恥ずかしさ全てひっくるめて、嬉しくてどうしようもなくて、
私は照れているのだ。どうこの好意に応えたら良いのかわからなくて、でも何か応えたいとも思っていて、混乱した私の口から出た言葉は、

「……善処します」

たったのそれだけ。

「そうしてちょうだい」

それでも、満足そうにマイラ様が満面の笑みを浮かべた。

「でも、やっぱりダグラス様の『痴話げんか』は違うと思うんですよね」

「お前、あれはどう見ても夫を尻に敷く恐妻の図だっ……ぃてぇ‼」

その台詞にすかさずこれでもかと言わんばかりの体重を込めて踏みつけてやりましたとも、捻りも入れて、もちろん先ほどと同じ所に。

誰が恐妻だ、コノヤロー！！！！

「えー、台無しぃ」

マリィの小さな呟きを、私は知らない。

「おいおい、もうその辺にしておけ」

「これは申し訳ございません」

慌てて取り繕うけれど、後の祭りだということはわかっている。けれど、これがいつもの光景だったりするので、陛下も呆れた表情をしつつも楽しそうな雰囲気を出している。

「まるでお前たちの方が痴話げんかをしているようじゃないか」

その陛下の言葉に、私もダグラス様も顔を見合わせて同時に首を振る。

「あり得ませんね」

「……ねぇなぁ」

このことに関しては、ダグラス様と意見が一致するのだ。

「やんちゃのすぎる弟を相手しているようで、とてもとても」

私の手には余ります。というか、手に乗せたくもないですし。

「気の強い妹に振り回されている兄だろう、俺は」

もう既に口の悪さと図体が合わない兄がいるので結構です。

「それに何より、リアム君に嫌われたくございません」

私はそう言って、頭の中でとてもとても可愛いらしい笑顔を思い出した。

リアム君とはダグラス様のご子息で、八歳になる可愛い男の子だ。ダグラス様と血が繋がっているとは思えないくらい賢くて、とても素直で礼儀正しい小さな紳士である。ダグラス様に、素直、賢さなんて皆無なのだから間違いなく奥様似なのだろう。その奥様はリアム君を生んですぐに亡くなられているのだけれど。

このリアム君、とにかくお父様であるダグラス様のことが大好きなのだ。私からしたら出来の悪い弟のようなダグラス様だが、世間のお嬢様方から見ると子持ちといえども優良物件なことは、陛下の側近という面だけを取ってみてもおわかりだろう。そんな彼の妻の座を狙う禿鷹《はげたか》たちを蹴散らしているのはリアム君だ。大好きなお父様を取られたくないリアム君の「嫌です」の一言で追い払われるものだから、『ダグラス様を落とす前にリアム君を落とせ』がご令嬢または未亡人方の通説となっている。未だに成功した人はいない。

そんな中、私とマリィは未婚女性ながら、リアム君に好かれている数少ない人間なのだ。

「そうですねぇ。リアム君に嫌われて、あの笑顔が向けられなくなってしまうのは辛いですよねぇ」

でしょう？

あの天使もしくは妖精さんの笑顔を、ダグラス様ごときの為に失うのは惜しすぎる。

「そうだろう、そうだろう。俺の息子は存在自体が奇跡のようなものだからな」

本当、ダグラス様要素がないなんて奇跡的。

「そうね……思い出したら会いたくなってきちゃったわ」

「しばらくお会いしていませんね」

マイラ様もリアム君スマイルの虜《とりこ》の一人だ。

しばらく見ないうちに大きくなっているのだろうなぁと、マイラ様と共に想いを馳《は》せる。

「ならば、今度の孤児院慰問にお誘いしてみたらいかがでしょうか？」

そんな私たちにライニール様が言った。

「リアム君と団長さえ良ければですが、同年代の子供たちもいますし、良い経験になるかもしれませんよ」

確かに軽々と子供を王宮に呼び出すわけにはいかないし、孤児院慰問に同行という形ならば、マイラ様も私たちもリアム君に会える絶好の機会になる。

「素敵。ぜひそうしましょう。ねぇ、良いでしょう、陛下」

「俺ではなくダグラスに聞け」

「ダグラス、お願い」

手のひらを合わせ、小首を傾げてダグラス様を見上げるマイラ様は可愛らしいけれど、あざといですよ、マイラ様。そんなあざとさは陛下にだけにしておきましょうね。きっと喜んで騙《だま》されてくれます。その証拠にダグラス様を見る陛下の目がちょっと怖いですから。

「王妃様に願われちゃ頷かんわけにはいかんでしょうよ」

マイラ様のあざとさに負けたのか、陛下のもの言いたげな目線に負けたのか、定かではないけれどダグラス様は頷いた。単純にリアム君のことを思ってだといいけれど、三割くらいはどちらかに負けてだと思う。

「やった、ありがとう、ダグラス」

飛び上がらんばかりに喜ぶマイラ様に、私も顔が緩む。

「良かったですね、マイラ様」

「あなたたちも嬉しいでしょう？」

「もちろんでございます」

私は大きく頷いた。

嬉しいに決まっている。あの天使の笑顔で、荒《すさ》んだ私の心を癒してほしい。

「楽しみですねぇ」

マリィも嬉しそうに笑うものだから、私たちは三人してニコニコだ。

「はぁ、全くお前たちは変わらんな」

苦笑を隠しもせず陛下は言った。

「だがマーシャ、ダグラスはともかく、お前はこのままではいられんぞ？」

何のことです？

「どういう意味でしょうか？」

きょとん、と陛下に聞き返す。

「珍しく鈍いな、マーシャ」

お前らしくない。それともあえて考えないようにしているか？　と、陛下は片眉を上げる。

「『新枕の儀』が終われば、いずれ俺たちには子ができるだろう。その時の為にお前には結婚していてもらわんとならん」

結婚していることが必要なこと。

「……それは私を乳母に、という解釈でよろしいでしょうか？」

「そうだ」

そのことを考えなかったわけではない。乳母になりたくないわけではない。けれど、私が子を産み、乳母になれる資格があるとも思えなかった。

「失礼ながら陛下、乳母に関しては既に人選を重ねております。私でなくとも相応《ふさわ》しい方が見つかることでしょう」

「ただ乳母であれば良いというわけではない」

陛下の眼差しが、親しみのあるものから王のそれに変わる。

「マーシャ、お前には世継ぎの乳母になってもらう」

これは決定事項だ。と陛下は言った。

本来ならば有難いお言葉だ。世継ぎの乳母に願われているということは、両陛下からの信頼を頂かっていると同義なのだから。

「しかし……私は……」

言葉に詰まった。

「お前がコールデンとの婚姻を望んでいないことは知っている。ならば、もう婚約破棄をしても良い頃ではないか？」

陛下の言うこともわかる。

私が今までダラダラと婚約を解消しなかったのは、別にラウルが拒んでいるだけが理由ではない。婚約破棄を申し立てなかったのは、破棄の時期を見誤ったせいもあるけれど、私にとって都合が良かったからだ。マイラ様が子を産めば、その必要もなくなる。いや、もうとっくの昔にその必要はなくなっていたのに、見ないふりをしていたのは私だ。

けれど、私が今更結婚をする？　それは誰と？

頭の中に浮かんだ人物を慌てて消し去った。

「陛下、確かに私があれと婚約を継続している意味はもうないでしょう。ですが、結婚というものは相手が存在して初めて成り立つものです。ましてや子を産めとおっしゃっても、今から相手を探したとしても間に合いません」

それに子は授かりものだ。産めと言われて産めるものではない。

「乳を与えることだけが乳母の仕事ではない。世継ぎを教育するのも仕事だ。その点については お前以上に適任がいるとは思えない」

それは、マイラ様を王妃としてお育てした実績があるから。

これ以上に勝る信頼があるだろうか。

この国の未来の一端を私に任せてもいいと、この国の王がそこまで言ってくれているのだ。

「相手というなら、お前に相応しい相手を見つけてくることぐらいできる」

両陛下にお仕えするための手段だと思えばいい。結婚は乳母としてこの国に貢献する為の手段だと。陛下が見つけてくれた相手なら、きっと信用が置けるに違いない。マイラ様に仕え続けることが前提の相手なのだから私にとっても好都合だ。今までだって割り切って仕事をしてきたのだから、喜んでお受けすればいい。

「……ですが」

頭ではそう思ったのに、素直に話を受けることができなかった。

じわりと心の奥にしまっていた暗いものが湧き出てくる感触がした。

行き遅れの私が、陛下の勧めで結婚できるというのなら、きっと幸運なことなのだろう。二五歳という年齢故にもらい手は限りなく少ないのだから。

「好いた男がいるなら私に言え。何とかしよう」

じわりと滲《にじ》み出てきたものが、じくじくと何かを締め付け始める。

私は選ばれなかった女だ。選んでもらえなかった、女。そして愛のない結婚を拒んできた女でもある。その私が、今度は王命という名で相手にそれを望めとは、何て皮肉なのだろう。

「好いた方などおりません」

「では、何が問題だ」

何が問題だと言われれば、それは私の心の問題だ。それを断る理由にするには弱すぎて答えられない。

上手《うま》く伝える言葉を探して視線を彷徨わせ、一瞬で頭の中が真っ白になった。

「……っ！」

私の視界に入ってきたのは、とんでもないことをしようとする主の姿。

「最悪、相手がコールデンでも構わん。その場合、近衛を辞めてもら「マイラ様、いけません！」……何をする、マイラ」

ポタポタ、とお茶を滴らせる陛下。そして、頭上からカップを傾けているマイラ様に、そこにいた全員が仰天した。

「何てことを……」

仕出かしてくれちゃってんの、マイラ様ぁ！！！

マイラ様がゆらりと立ち上がり、椅子に座ったままの陛下を無表情で見下ろした。

「黙って聞いておけば……言いたい放題ですわね、陛下」

「マイラ……？」

そこには、先ほどまで無邪気に笑っていたマイラ様はいなかった。

「何て傲慢……何て身勝手」

囁《ささや》くように静かなマイラ様の声音に、誰もが声が出せずにいた。

「私だってわかっていますよ。陛下のおっしゃっていることが間違っていないことくらいですが、と言葉が続く。

「言い方ってものがあるでしょう!!」

カシャンと茶器が鳴った。

「だが、マーシャが乳母になるのをマイラも望んでいただろう？」

「私が言っているのは、そういうことではありません」

「では、どういうことだ」

私のことなのに、私を無視し構わず話を続ける陛下とマイラ様に、周囲も呆然《ぼうぜん》としている。

「難題でも何でもかんでも大したことございませんって顔して片付けるマーシャが、これだけ言葉に詰まるのですよ。そんなことが今までにありまして？　なぜもっとマーシャに寄り添った言い方ができないのか、とそう言っているのです」

「俺は王としてだな……」

「ここは謁見の場ではございません」

いやいやいや、待って待って、マイラ様。

「あの、マイラ様、落ち着いてくださいませ」

私の為に怒ってくださるのは嬉しい。けれど、陛下まだお茶被《かぶ》ったままだから、ちょっと、拭き物持ってきて！

「あのね、マーシャ。私だってあなたが乳母になってくれたらいいな、と思っているわ。けれど、それはマーシャの幸せな婚姻があってこそのことなの」

慌てて拭き物を手にした私に、その拭き物ごと手を握りしめてきたマイラ様。真摯な眼差しで訴えかけてくるけれど、幸せな婚姻というものが、私には他人事のように思えて仕方がない。

「陛下、マーシャが婚約破棄をしなかったのは私を守る為だったことはご存じでしょう」

そんな私を放って、マイラ様は再び陛下に向きを変える。

「九年もの間、尽くしてきてくれた彼女にこれ以上何を強いるというのですか。女性にとってこの九年間がどれだけ貴重なものかわかっていらっしゃるでしょう。それを私たちに費やしてくれたのですよ。その想いに報いたいという私は間違っていますか？」

違う、違うんです。マイラ様の為だけじゃない。

婚約を破棄しなかったのは、少なくとも私のわがままが入っていた。だからそのことで、マイラ様が心を痛める必要はないのだ。

「だからそろそろ婚約破棄をして次を、と言っているのだ」

「その口で、あのノータリンでも良いとおっしゃいませんでした？」

「マーシャの心にあれがいるのなら、それも考慮するという意味だ」

ましてや、あれに心があるとか思われていたなんて！　おかげで、じくじくとした痛みも心外すぎてどこかにぶっ飛んだ。

「私は、マーシャには望まれた結婚をしてほしい。マーシャでなければ駄目だと言ってくれるような男性とです。まかり間違っても、他の女性に心を残しているノータリンのような男性とではございません」

マイラ様はそう言うと小さく深呼吸のような息を吐き、私の手から拭き物を抜き取り、陛下の頬に宛てがい優しく拭った。そして耳元まで唇を寄せる。

「私が陛下を好きになったように、陛下が私を好いてくれたように」

先ほどとは打って変わって、睦言を囁くように、マイラ様の指が陛下の唇にそっと触れた。

「マーシャにも、そのような方との結婚をしてほしいのです」

マイラ様の吐息交じりの訴えは、陛下の心を動かしたのか、ただ単に年下の妻にメロメロなだけなのか、絶対後者だと思われる陛下はマイラ様の手を取りキスを落とした。

「俺の妻は優しいな……」

「ふふ、貴方の妻ですもの」

と、険悪な雰囲気からの一転、二人の世界突入である。

はい、無理。はい、ごめんなさい、無理です!!

このお二人がラブラブなのは今日に始まった話ではないので、二人の世界についての問題はございません。何が無理かって、今、マイラ様何て言いました?

『私が陛下を好きになったように、陛下が私を好いてくれたように』

『マーシャにも、そのような方との結婚をしてほしいのです』

誰が？　私が⁇　はい、無理難題！

結婚相手を見つけるだけではなく、この二人のように所かまわずいちゃつくバカップルになれと。おっといけない、主君だった。

それに陛下だってマイラ様に絆されたように見えて実はそうじゃない。

『お前の結婚は決定事項だが、可愛い妻の願い通り、俺たちのような誰からも祝福される相手を見つけてこい。もちろん相思相愛絶対な』

って命令されたらどうしよう。しそうだし、この陛下。

マイラ様が私の為に陛下に進言してくれたおかげで、初めに陛下が要求してきた以上の難題が私に降りかかってくるだろう。私の為のはずなのに、残念、全く私の為になっていない。むしろ悪化した。

私だって、そんな結婚ができるならしてみたいという気持ちがないわけではない。けれど現実的に見ても、愛のない政略結婚か行けず後家が精いっぱいだろう。訳アリ婚で愛を求められましても……。

マイラ様にそんな風に思ってもらえているのは嬉しい。それはマイラ様が幸せだという何よりの証拠だと思うから。できることなら叶えてあげたいとも思う。しかし、だ。

「デートすらしたことがない私に、そんなこと言ってくれる男性を見つけろっていう方が無理難題です、マイラ様……」

泣き言がうっかり零れた。

第二章　ドキドキワクワク強制初デート大作戦!!

チュンチュン、と外からの小鳥の声が朝を知らせてくれる。窓から射《さ》す光が、キラキラと輝いていて、今日も一日いい日になりそう、なんていつもなら思えていたのだけれど。

「なんで雨止《や》んでしまうかなぁ……」

昨夜までは降っていたのに、雨雲はどこに行ってしまったのか。

はぁぁ、と深いため息が出る。

今日は久しぶりの休暇だ。しかも終日である。

午後からは実家に顔を出す予定だが、午前中は仕事のようで仕事ではないものがある。

孤児院慰問の際に持っていく王妃からの差し入れを購入しに行くのだ。それだけなら、こんなに気分は沈まない。

理由は一つ。同行者ライニール様、である。

勘違いしないでほしい。決してライニール様が嫌いなわけではない。問題なのはなぜライニール様なのか、ということだ。

先日の両陛下のお茶の時間の場で私が零した本音は、しっかりとその場にいる全員の耳に届いてしまった。呟くような声だったというのに、どれだけ地獄耳なのだ、あの人たちは。まぁ、微妙な眼差しを頂戴したよね。何とも言えない空気も流れたよね。とてつもなくいたたまれなかったよね。一応とはいえ婚約者がいる身でデートなんてできるわけがないのだから、察してほしかったとまでは言わないけれど、そっとしておいてはほしかった。まぁ、おかげで予想していたような命令がなかったことだけが救いだ。しかしマイラ様は言ったのだ。

『マーシャ、あなたは少しリハビリが必要だと思うわ。恋愛や結婚の前に、あなたが女性であるということを思い出すべきよ』

と、そう言われて初めて、女性として扱われた経験が一〇年間全くないことに気がついた。女性扱いを受けたのは、あの一五歳の夜会が最後。残念すぎる私。

そして、あろうことかマイラ様はライニール様にお願いしたのだ。

『今度のマーシャのお休みにエスコートをしてくれるかしら？　もちろん今はまだ婚約者がいるのだから対外的には私のお使いという名目で』

私は反対をした。筆頭侍女と近衛隊長が同時に王妃のお傍を離れるのは良くないと。けれど一蹴されてしまったのだ。その時間は陛下とご一緒しているから、数時間ぐらい私たちが離れても問題ないと。陛下もダグラス様も頷き、ライニール様も了承をするものだから、もう何も言えなくなってしまった。むしろダグラス様なんてこれでもかっていうくらいニヤニヤしてたし。

もうライニール様には申し訳なくて、申し訳なくて仕方がない。こんな年増の面倒をかけさせてしまって、もう何ていうか土下座でもするべき？　とまで考えてしまう。実行したところで迷惑だろうけれども、気持ちだけはそのくらい申し訳なさすぎて泣きそうだ。

またまた盛大なため息が漏れる。

コンコン
「おはようございますぅ、マリィですぅ」

「マリィ？」

時間的にマイラ様の元へ赴いていないといけないマリィの突然の来訪に、何かあったのかと急いでドアを開ける。

「どうしたの？　マイラ様に何か？」

「やぁだ、違いますよぉ」

ニコニコっと「失礼しますぅ」と部屋に入ってきたマリィは、鏡台の前に持っていた箱を置いた。

「はい、マーシャさん。ここに座ってくださいねぇ」

「え、なんで？」

もう身支度はできているのだから、再び鏡台に座る必要はない。

「もう、わかっているくせにぃ。時間が勿体《もったい》ないのでさっさと座ってくださいねぇ。メイク直しますよぉ」

「……マイラ様……？」

「その通りですよぉ。変わり映えのない格好で行くだろうから、少し可愛くしてあげてとのご命令ですぅ」

ううん、命令の無駄遣い。

「そんな顔しないでくださいよぉ。マイラ様は純粋にマーシャさんを応援しているだけですよぉ」

「……わかってる」

わかっていてもモヤモヤするのだから仕方がない。

鏡台の前に素直に座り、マリィの持ってきた化粧道具を見て少し目を見張る。どれもこれもマイラ様お墨付きの上等なものばかりだ。気の進まない私に強引なことをしているという自覚があるのだろう。マイラ様からのお詫びも感じられる。

「あ、もしかしてこの間のことを気にしてますねぇ」

図星を指されて口ごもった。

「まぁ、やり方はどうであれぇ、陛下の暴走を止めようとしただけだってマーシャさんならわかっているでしょぉ?」

ええ、理解していますよ。あのまま陛下に詰め寄られていたら、何を口走ったかわからない。それこそ、「乳母ではなくばあやではいけませんか」とか頓珍漢なこと言いだしそうなくらい追い詰められていたし? でも、相思相愛の相手を見つけてほしいというのもマイラ様の本心だ。

「本当、このことに関してはポンコツになりますよねぇ、マーシャさん」

「……苦手なのよ」

「苦手ではなくて経験不足なだけですよぉ。今まで逃げていたツケが回ってきただけですぅ」

手際よくメイクを直していくマリィの辛辣な指摘に返す言葉はない。

「別にライニール様とどうにかなれと言われているわけじゃないんだからぁ、素直に楽しんでくればいいんですぅ。マーシャさんは頭でアレコレ考えるとあさっての方向に行っちゃうんだから単純にいきましょぉ」

わかりましたか、と念を押して言われ、渋々頷く。

「全く手のかかるお師匠様ですねぇ……はい、できましたぁ」

ふぅ、とわざとらしいため息をついたマリィが手掛けたメイクは、私のベースを崩すことなく、ほんの少しだけ華やかさを足したもの。

「……ありがと」

「どういたしましてぇ」

得意げに笑うマリィに、私も笑みを浮かべる。

素直に単純に。それが難しいなんて言ったら、この弟子に怒られそうだなぁ。

ライニール様との待ち合わせ場所は、城下町中央に位置する公園だ。そこにある待ち合わせスポットの噴水ではなく、やや外れにある花園の入口だ。こちらも隠れ待ち合わせスポットらしいが、季節が少々外れている為か人はまばらだ。

「おはようございます、ライニール様。お待たせして申し訳ございません」

待ち合わせ時間より結構早めに到着したのに、既に待っているライニール様に慌てて駆け寄り、頭を下げた。

「いいえ、想定内です。おっと、『いいえ、私も今来たところです』でしたでしょうか？」

「え、何ですか、それ？」

言い換える意味がわからない。きょとん、と聞き返す私に、ライニール様はクスクスと笑いだす。

「いえですね、恋人たちがデートで待ち合わせをする際のお決まり文句だと聞いたので、せっかくなので使ってみようかと」

「そうなのですね。初めて知りました」

世の中の恋人たちはそんな会話をしているのかと感心した。でも先に待っていたのに
「今来たところ」って変じゃない？　気を遣わせない為とか？　遅れてきた恋人を気遣う

ならわかるけれど遅れたわけでもないのに不思議。様式美的なものなのだろうか？

「ライニール様はお使いになったことがなかったのですか？」

せっかくだから使ってみよう、というくらいだから今まで使う機会がなかったのだろう。

ライニール様なら私と違ってデートの一つや二つくらい余裕でしょうに。

「待ち合わせというのが初めてでしたから」

「あぁ、そうですよね。普通は令嬢のお屋敷に迎えに行くものですものね」

いけない、いけない。ライニール様は伯爵家ご子息なのだから、庶民のように待ち合わせはないよね。普段は休みとなれば何かと呼び出され、待ち合わせすることが多いものだから失念していたわ。あれ、おかしい。それだったら私も子爵令嬢なはずなのだけどな？

「まぁ正直なところ、待ち合わせ場所を指定された時には驚きました。貴女の私室までとは言いませんが、近くまで迎えに行くつもりでしたから」

「それはお気遣いいただきましたのに、申し訳ございません」

口ではそう言うものの、待ち合わせを指定して良かったというのが正直なところだ。もし私服姿のライニール様に迎えに来てもらったところをスズメたちにでも見られたら、また余計な噂が流されるところだったわ。うん、待ち合わせ正解。まぁ、ライニール様だったらある程度は配慮してくれるとは思うけれどね。

「いいえ、謝ることではありませんよ。待ち合わせも新鮮で楽しいものでしたから」

「そう言ってもらえて良かったです」

気分を悪くしたわけではないようで助かった。むしろ楽しんでいただけたみたいで何より。

「そういえば、貴女はご存じでしたか?」

「何をでしょうか?」

「ここを、です」

ここ、と言って地面を指すライニール様。地面ではなく待ち合わせ場所であった花園の入口を指している。

「ここ、ですか?」

何も考えずいつも待ち合わせに使う場所を指定しただけで、ここに何かの意味でもあるのだろうか。ライニール様は意味深げに私に言った。

「花園の閑散期に限ったことらしいのですが……」

ライニール様は声を潜め、少しかがみ耳元に顔を寄せた。

「『秘密の恋人たちの待ち合わせ』に使われるそうですよ」

「まぁ……っ」

秘密の恋人たち。それは何てスズメたちが喜びそうな単語でしょうね。ということは、今も秘密の恋人とやらが待ち合わせをしているのだろうか、と思い不審に思われない程度に周囲を見やるも、該当しそうな二人組は見つからない。というより、まばらとはいえ人はいるのだから、密会するには向かないような気もする。しかも閑散期に限ってということは、繁忙期には秘密の恋人たちは別の場所で落ち合うのか。

「ふむ……これは手強いですね」

ボソリ
「はい？　何かおっしゃいました？」

「いいえ、何でも」

あら、そうですか？　何か聞こえたような気がしたのだけども気のせいだったようだ。

「ライニール様はこのようなお話にお詳しいのですか？　なかなか意外です」

堅物とまでは言わなくても、どちらかといえば硬派で、ゴシップ的なものに興味があるとは思わなかった。むしろ嫌いな話題だと思っていた。

「人並みに知識として知っておくのは損にはなりませんからね。時に思わぬ所で役に立つこともあるので」

「役に立つ……勉強になります」

役に立つことがあると。一体どんな時に役に立つのか聞いてみたいものだ。

「貴女はよくここを？」

「そうですね、ここが丁度、貴族街にも庶民街にも行くのに都合が良いもので」

「では本日は……」

「下町、庶民街のお店に行く予定です」

孤児院へのお土産に持っていくものを購入しに行くのだから、貴族街のものなんて必要ない。孤児院の子供たちが大人になって、少し頑張れば手に入るような、そんなものが良い。

「お嫌ではないですか？」

一部の貴族には庶民街に入るのをひどく嫌う人もいる。ライニール様は大丈夫だとは思うけれど、念の為の確認だ。

「とんでもない。デートは女性が望む所へお連れするのがベストですからね。何の問題もありませんよ」

おおっと、デートときたか。まぁ、男女が二人で出かけるといったらデートかもしれませんが、別にマイラ様からエスコートを頼まれたからって、私に気を遣わなくていいのですよ。

「ふふ、デートという名のお使いですけどね」

「いいえ、お使いという名のデートですよ」

真面目なのも考えものですよ、ライニール様。

「では、馬車でも拾いましょうか？」

庶民街とは通り名であり平民が住む地域だ。中央公園東側に位置して、花園の入口から徒歩一〇分ほどだろうか。それから目的の店まで更に一〇分ほど。計二〇分歩かなくてはいけない。もちろん馬車を使うというのも手ではあるが、貴族街でならまだしも歩いていける距離で庶民街に行くのはあまりお勧めしない。基本的に平民は徒歩での移動が常であり、少しの距離でも馬車を使うのは貴族が多い。庶民街に足を踏み入れることを嫌う貴族がいるように、平民もまた貴族が来ると敬遠する傾向が未だにあるのだ。一〇年前に比べたら随分その傾向も少なくなりはしたのだが、根強く残っているのは仕方がないことなのだろう。

「良かったら、天気もいいですし散歩がてら徒歩で向かいませんか？」

「もちろん、構いません」

賛成してくれたので、その道すがらライニール様と並んで会話を交わしながら歩く。

「二本の虹をご存じですか？」

「二本、ですか？」

「はい。主虹と副虹というものがあって、色がはっきりとしているのが主虹ですね。副虹はとても光が弱くて薄い為、条件が良い時しか確認できないようです」

「まぁ、なかなか見ることができないのですね」

「えぇ、ですから条件が重なり、見ることができたら幸運が舞い降りてくる、とも言われています」

来る前は気が進まなかったのが嘘のように、会話が弾んだのはいいことだけれど、私はライニール様の紳士然としたエスコートにむずがゆさを感じてしょうがなかった。

会話が弾むのは、女性ならば興味がありそうな内容で話を振ってくれているから。行く道はなるべく日陰を選び、人通りが多い道に入れば私を守るようにさりげなく誘導する。デート経験のない私では説得力がないかもしれないが、生まれてから二五年、こんな完璧なエスコートを受けたことは未だかつてない。普通の令嬢なら違和感をもつことはないし、それを居心地の良いものとして当たり前に受け取るだろう。

私とライニール様の付き合いは、彼が第一部隊副隊長時代から現在までの四年にも満たない程度だ。その間、このような扱いを受けたことはなく、常に仕事上で一定の距離を保ちながら接していたので、どうしても違和感をもってしまう。そして何より、これだけ女性の扱いに長《た》けているのに、彼が独身なことが不思議でたまらない。

四男といえども、騎士を輩出してきた由緒正しき伯爵家子息で、現在王妃付き近衛隊長という肩書を得ていて、銀髪碧眼の銀縁メガネが非常に似合う美青年ですよ。道理をわきまえた分別のある公正な人で、多少神経質な所はあるものの、性格的にも何も問題ない。ラウルなんかより絶対にライニール様の方が良いと思うのだけれど、世の中のお嬢様方は何をしているのかね、こんな好物件を放置しているなんてけしからん。いや、もしかしたら、とんでもなく理想が高くてお眼鏡に適《かな》う女性がなかなか見つからないのかも。そちらの理由の方が納得する。

「私の顔に何か?」

「いえっ」

ついうっかり顔をじっと見てしまったせいで、ライニール様に不審に思われてしまった。

「あの、今日は髪を下ろしてらっしゃるんだなぁ、と思いまして……」

慌てて探した理由がそれだ。でも嘘ではない。普段オールバックなのに今日は髪を下ろしているので、いつもより雰囲気が柔らかく見える。

「雰囲気が随分と違いますので、なんか不思議な感じがして……」

「あぁ、今はプライベートですから。変ですか？」

「そんなまさか。少し慣れないだけです……」

慣れないのは髪型だけではなくて、今日の貴方のその態度全てなのですが。とは口にできない。しかもプライベートって違うよね。マイラ様からのお願いという名の命令だよね。付き合わせて本当に申し訳ない。

「それは良かった。そういう貴女も今日は雰囲気が違いますね」

「ええ、今朝マリィが化粧をしてくれたので」

「とてもお似合いで素敵です」

にっこりとお嬢様方がとろけそうな笑顔で褒められました。

マリィの腕が良いのですよ、と言いそうになってぐっと堪える。さすがにそれは可愛げがなさすぎるだろう。せっかく褒めてくださったのだから素直に受け取ればいいのに、どうしてもひねくれてしまう。素直に喜ぶことができなくて、もにょもにょとした微妙な気持ちになってしまって、どうすればいいのか困ってしまう。

「……まぁ、ありがとうございます」

無難にそう言うしかなかった私に、ライニール様も少し微妙そうな表情をした。

「……」

「……ふむ」

ライニール様が何かを考えている仕草にビクッと肩が揺れた。せっかく気を遣ってくれていたのに、私の態度があれで怒らせてしまっただろうか。

「何というか……貴女は本当に難儀ですねぇ」

「……え？」

恐る恐る顔を上げると、苦笑を隠しもしないライニール様がいた。

「落ち着かないのでしょう？」

「……申し訳ありません」

バレているのなら隠しても無駄だ。素直に頷く。

「貴女が謝ることではありません」

「ですが……」

素直に単純に。そうマリィに言われていたのに全然ダメだ。

「私が少々間違えてしまったのです」

間違えた、という言い方をするライニール様だが、私には意味がわからなかった。

「勇み足……でしたね」

「え？」

「貴女は気にしないでください」

そんなことを言われても、何を言っているのかわからないのだから気になってしまう。

何を間違えて、何を勇み足したのかさっぱりだ。

「少々、趣向を変えてみましょうか」

「はい？」

もう、どうしよう。本格的にライニール様の言動の理解が追い付かない。

「私は恥ずかしいことに庶民街には詳しくありません」

「ええ、はい……」

恥ずかしいことでは決してないでしょうに。ライニール様は生粋の貴族なのだから詳しい方がびっくりする。まぁ、一通り地図は頭に入っているでしょうが、お店などの詳しい情報は知らないだろう。

「格好良くエスコートしたかったのですが、残念なことにできそうにありません。ですので、貴女が私をエスコートしてくれませんか？」

「私がライニール様を……ですか？」

「ええ」

それでライニール様は良いのだろうか？

確かに私の方が絶対に詳しいと思うし、元々お土産を購入する店には私が案内するつもりだったので、その方が楽と言えば楽だけれど、男性の面子《メンツ》的に大丈夫なのだろうか。私に気を遣いすぎてはいないだろうか。

そう思ってライニール様の顔を見つめるも、楽しそうな表情を浮かべている。

「楽しませてくださいね」

半歩ほど下がったライニール様がそう言った。

にっこりとした笑みが、先ほどのとろけるような笑みとは別の見慣れたもので、なぜかホッとして肩の力が抜けた。

「わかりました。頑張りますね」

ライニール様がそう望んでくれるのなら、全力で対応してみようではありませんか。そう切り替えると、先ほどまでのむずがゆさと居心地の悪さは消えていた。ライニール様と私の間に流れている雰囲気もいつもと同じものに戻っていて話しやすい。エスコートモードのライニール様も素敵だとは思うけれど、私にはやっぱり普段のライニール様が丁度良い。といっても、いつもよりは距離が少し近いようだけれど、このくらいは許容範囲内だ。

そして、まず訪れたのは目的の場所であるお店。

「パン屋ですか?」

「はい、パン屋さんです」

お土産を購入するのに、パン屋さんに連れてこられるとは思っていなかったのだろう。ライニール様は意外そうに眼を見張った。

「こちらのパン屋さんは下町で大変人気なのです。普段食事の主食として口にするパンからちょっとした焼き菓子まで取り扱っています。とても美味《おい》しいので、私もマイラ様も大ファンなのですよ」

パンと菓子は原材料が重なることも多く、パンを作る材料が揃っていれば菓子も焼けるのは当然の話だ。数年前からこちらのパン屋さんで焼き菓子が売られるようになり評判となったのだ。孤児院の子供たちにも人気の焼き菓子だ。

「覚えておいて損はないですよ、このお店」

「お墨付き、というわけですね」

「はい。あとはマイラ様お気に入りの宝飾店があるのですが、そちらも後でご案内してもよろしいですか？　庶民向けではあるのですが、貴族街では買えないデザインが斬新で貴族の方も買いに来られているのですよ」

　庶民街に足を踏み入れたくない貴族は除いてだが、そんなことで毛嫌いしていると社交界の流行《はや》りに乗り遅れるだけだ。

「それは楽しみですね」

　ライニール様に満足してもらうには、この二店は絶対に外せない。快く了解してくれたライニール様にホッと胸を撫でおろす。

　お店のドアを開けると、カランと、と括《くく》り付けていた鐘が鳴った。

「こんにちは」

　お店に入るとすぐにパンの優しい香りが漂ってきて、パンを陳列していた恰幅《かっぷく》の良い女性が私を見て満面の笑みを向けた。

「おやぁ、マーシャお嬢さんじゃないかい」

「お久しぶりです」

この店の女将《おかみ》ミランダさんだ。

「今日は何だい、随分男前を連れているじゃないか」

これかい？　と言って親指を立てるミランダさんに、私は顔の前で手を振る。

「そんなわけないじゃないですか。私の同僚です。お使いに付き合っていただいているんです」

「そうかい、つまんないねぇ。やっと良い知らせが聞けるかと思ったんだけどねぇ？」

意味深に私とライニール様を見やるミランダさんだが、期待には応えられませんよ。

「ライニール様、こちらこの店の女将さんでミランダさんです」

ライニール様を見上げ、ミランダさんを紹介する。

「お会いできて光栄です、マダム。ライニール・エイブラムスと言います」

「あらいやだ、マダムなんて照れるじゃないか。あたしゃ、ただのミランダだよ。そう呼んでくれると嬉しいが、お嬢さんの同僚ってことはお貴族様だろう。失礼だったかねぇ？」

「とんでもない。喜んでミランダと呼ばせていただきましょう」

「そうしておくれ。だがあれだね、自分で言っておいて何だが、こんな男前に名前を呼ばれるとくすぐったいものがあるねぇ」

一〇歳は若返りそうだよ、とミランダさんは大げさに肩を揺らした。

「今回の新商品は何ですか？」

「クルミと干し葡萄《ぶどう》の蒸し菓子だね。ちょっと食べてみるかい？」

「いいんですか？」

「こんな男前を連れてきてくれたお礼さ」

ミランダさんはパチンと片目を瞑《つむ》って笑い、それから奥へその菓子を取りに行った。

「ライニール様が格好良くて得しました。ありがとうございます」

「どういたしまして。この顔が有効活用できて何よりです」

そこで謙遜しないのがライニール様らしくて笑った。その顔面を持っていて『そんなことはない』なんて言われた方が嫌味だと思う私は心が狭いだろうか。

私が笑っているとライニール様も得意げな笑顔を返してくれるので、また更に笑ってしまう。こんなお茶目なライニール様を見るのは初めてで面白い。

「おやおや、仲が良いじゃないか。本当に何でもない仲なのかい？」

ニヤニヤと奥から戻ってきたミランダさんはそうからかうけれど、私は首を振るしかない。

「私には勿体ない方ですよ。で、それですか？」

ミランダさんが持っている皿に並べられた一口大に切られた菓子。きちんと楊枝《ようじ》もつけられている。きっと私たちが貴族だということを考慮して用意してくれたのだろう。

「男より食い気かい。相変わらず色気がないねぇ」

「それだけミランダさんのお菓子が魅力的だということですよ」

色気は母のお腹《なか》の中に置いてきたみたいなので、諦めてください。

「そうだと良いけどねぇ」

私とライニール様を交互に見てミランダさんは肩を竦《すく》め、それから『どうぞ』と言わんばかりに皿を差し出した。

「頂きます」

そう断り、私は楊枝で菓子を取り口に含む。ライニール様も同じように菓子を口に運んだ。

「あ、美味しい。とてもしっとりしていて口当たりが優しいです」

「生地自体はそんなに甘くないですね。干し葡萄の甘さが丁度いい。クルミの食感がアクセントになって飽きが来ません」

「おやつにでも食事にでも合うのではないでしょうか」

「そうですね。多少甘味が苦手な方でも食べられるでしょうし」

孤児院への土産といっても、それを口にするのは子供たちだけではない。職員や同行する我々も口にするのだ。マイラ様に関してはもちろん毒見をしてからにはなるが、同じものを食べるという行為をマイラ様も子供たちも楽しみにしている。

ふむふむ、と咀嚼《そしゃく》しながらライニール様と意見を交わす。

「切る前はどのくらいの大きさですか?」

「ほら、そこに並んでいるだろう」

指差された所にあるのは、私のこぶし大くらいのもの。

「大きさ的にも問題ありませんね」

「そうですね」

「ミランダさん。こちらをいつものように孤児院に配達してもらえますか。数はこのくらいです」

そう言って、数を書いた紙を渡すと、それに目を通したミランダさんが頷いた。

「任しときな。毎度ありがとさん」

「よろしくお願いしますね」

菓子の代金を渡して、それと一緒に自分用と自宅用、そしてマイラ様への焼き菓子を購入した。お手数だろうけれどライニール様に預けて届けてもらおう。マリィに渡してもらえばしかるべき手段を踏んでマイラ様の元に届くだろう。直接渡してもらうなんて馬鹿な真似しません。時には直接渡した方が安全なこともあるけれど、何がどう転ぶかわからないのが王宮ですから。

「そういえば、メアリに何かあったのかい？」

私が頼んだ焼き菓子を袋に詰めながらミランダさんが言った。

「え、メアリがどうかしたんですか？」

この店は実家で私付きだったメイドのメアリも常連だ。

「何も聞いてないのかい？」

「ええ、聞いてませんね」

メアリから届いた手紙には変わったことは書いていなかったけれど、私の知らない所で何かあったのだろうか。

「いや、最近ガスパールの様子がおかしくてね。あれが変になるのはいつもメアリ関係だろう。だからさ……」

ガスパールとは、絶賛メアリに片思い中の強面中年である。

「またメアリに振られたんじゃないですか？」

「それはいつものことじゃないか。そのくらいでへこたれる奴じゃないさ」

そう言われて、確かに、と納得した。

ガスパールは無駄に打たれ強い男で、何度振られても起き上がり人形のごとく不屈の精神でメアリを口説く姿は、ある意味この下町での名物だったりする。

「あんなのでも一応、下町の顔役だからね。いつまでもあんな調子だと困るんだよねぇ……」

「支障が出るほどですか？」

「このままじゃ、ね」

ミランダさんが困るくらいなのだから相当なのだろう。

「メアリにどうにかしてくれるように言ってもらえないかい？　メアリがちょこっと構ってやれば元気になるだろうからさ」

ミランダさんにそうお願いされるけれど、ガスパールのことをうっとうしく思っているメアリが私のお願いを聞いてくれるかわからない。

「んー、一応今からお店には行く予定だったから、ガスパールの様子は見てきます。メアリには一応聞いてみますけど、あまり期待しないでくださいね」

たとえ私が主人として命令をしても、嫌なものは嫌だと答えるメアリだ。

「構わないよ。駄目で元々さ」

ミランダさんがそう言って、袋詰めされた菓子を私に差し出した。それを受け取ろうとすると、横からライニール様の手が伸びてきて、私が受け取る前にお菓子を攫《さら》ってしまう。

「ライニール様?」

それは私の荷物ですよ。と言いかけた私の言葉は、ライニール様の無言の笑顔に消えた。

「……ありがとうございます」

「どういたしまして」

どうやらこれが正解で良かったようだ。こういう時は男性に持ってもらうものなのか、と一人で納得する。

「では行きましょうか」

「はい。ではミランダさん、あとはお願いしますね」

「あいよ。そっちもよろしく頼むよ」

できるだけのことはやりますけど、と軽く頷きお店を後にする。その際に荷物を持ってもらっているのだからと扉を開けようとして、またライニール様の笑顔に止められた。

ですよね。男性が開けてくれるものですよね。

「先ほどお話に出ていたガスパールとはどんな人物なのですか?」

ライニール様の開けた扉を素直にくぐると、彼はそう聞いてきた。

ミランダさんと私の会話を聞いていたら気になるだろう。そこだけを聞くとすごく情けない男に聞こえるけれど、ただの男ではない。

「今から案内する宝飾店のオーナーで、ミランダさんが言っていたように下町の顔役です」

「どのような関係です？」

「ただの昔馴染みですよ。色々と面倒をかけたりかけられたりする関係です」

知り合ったのは丁度マイラ様の侍女になった頃である。もうずいぶんと昔のように感じるけれど、彼と出会った時のことは今でも鮮明に思い出せるくらい強烈なものだった。

「顔がすごく怖いですが、なかなか面白い人ですよ。宝飾の職人を雇うのではなく育てることで成功した人です」

貴族が後援者として芸術家や役者を援助するのとは異なり、幼い頃から能力が伸びるように教え導き、手をかけて教え鍛え、一人前として通用するまでに育てる。人一人育てるのに途方もない時間とお金をかけることができるのは、それだけの根気と財力を持っていなければ到底無理な話だ。それも育てたからといって使いものになるかわからないのだから酔狂であることは間違いない。それができる稀有《けう》な人物である。

「ミランダさんの店の区域とは反対側にあるんですよ。宝飾店なのに入り組んだ場所にあって、少々迷いそうになるので気をつけてくださいね」

ミランダさんの店の向かい側にある路地に入り、何度か曲がり角を折れて少し広めの道に出ると宝飾店の看板が見えてきた。

「ライニール様、あちらですよ」

指差して、そうライニール様に声をかける。丁度、店前に馬車が停《と》まっていて、目印にしやすい。どうやら馬車の装飾を見るに、貴族のものらしく、家紋がしっかりと付いていた。

「あら……？」

「おや」

私とライニール様がその家紋を見て、店に入る前に足を止めた。

「……バウワー伯爵家の家紋ですね」

「そうですね、例の令嬢でなければ良いのですが」

頭に浮かんだのは、話の通じないリフィと呼ばれていた令嬢だ。馬車がここにあるからといって、彼女がいるとは限らないが、もし鉢合わせでもしたら、それはそれで面倒なことになるのは目に見えている。しかしミランダさんから頼まれた以上、ガスパールに会わないという選択肢はない。

「ライニール様、裏口にあちらから回れますのでそちらから行きましょう」

普通だったら裏口から行っても通してはもらえないだろうけれど、一応それなりの付き合いがある私が同伴していればライニール様も中に通してもらえるはずだ。

「店内の宝飾は見られないかもしれませんが、展示していないものなら個室で見せていただけます」

「君がそれで良ければ、私は一向に」

「良かったです。あ、無理に宝飾は購入しなくて大丈夫です。宝飾店を案内した理由は購入目的ではありませんから」

気に入った物があれば別だけれども、無理に購入してもらいたいわけではない。

「おねだりしてくださっても構いませんが？」

耳を疑う台詞に思わずあんぐりと口が空いた。我ながら淑女らしからぬリアクションである。

「はい？　おねだりですか??」

おねだりって貴方、買ってもらう理由が何一つないのにできるわけがない。ライニール様は何を言っちゃってくれてるんですかね、もうびっくりですよ。

「しないのですか？」

「しませんよ!?」

もし私が宝飾品をねだっていたら本気で買ってくれていた顔だ、これ。

いやいやいや、いかんでしょう、それは。

貴族街にある宝飾店に比べればお安いかもしれませんが、宝飾というからにはそれなりのお値段がするわけですよ。そりゃライニール様だったら一つや二つポンと買ってしまえるかもしれませんが、買ってもらう謂れがないのにおねだりなんてするわけないでしょう。え、何。世の中のお嬢様方は、お付き合いすらしていない男性におねだりして宝飾というう決して安くはない物を買ってもらうのが普通なの？　そうなの？　もしくはライニール様、そんな女性としかお付き合いしていないとか……。私が言うのもあれですが、それはただの金づるとしか見られていないのではないですかね。

ライニール様が独身なのは、理想が高いのではなくて、女性を見る目がない疑惑発生である。

「……何か妙なことを考えているような顔をしていますが、多分それは違いますからね」

「いや、でも……」

「絶対に違います」

多分から絶対に変わったし、思い当たることがあるのではないかと疑ってしまうのですけど。

「違います」

念を押すように否定されて、納得はしていないけれど頷く。ライニール様の女性関係を聞いてみたかったという好奇心は、目が笑っていない笑みに消えた。

「よろしい。妙なことは考えないように」

「……はい」

ちらり、とライニール様を窺うも取り付く島もない。

今ものすごくダグラス様の気持ちがわかる。口答えは許しませんよ、という圧力がかかって何も言えなくなってしまい、頷く以外選択肢をくれない、あれ。これは勝てないわ、うん。

「マーシャ殿、こちらに」

そう一人納得していると、ライニール様から手を引かれた。

「ライニール様？」

「静かに」

はい、と声に出さずに首肯して返事をする。ライニール様が私を背中に隠しながら身を潜ませるように足を止めた。丁度私たちが向かっていた宝飾店裏口方向を警戒しているようだ。

「……店の裏口はあちらですか？」

小さい声で聞かれて頷いた。

「怪しい男がいます」

「怪しい男……ですか？」

「ええ、虚《うつ》ろな目をした大変不気味な男ですね……」

ここはひとまず戻りましょう、とライニール様が言った。

確かに、そんな不気味な男がいるのであれば、わざわざ危険を冒してまで裏口から行く必要はない。ガスパールに会いに行く必要があるが、バウワー伯爵家の馬車がいなくなるまでどこかで時間をつぶしてから、再度正面から行ってもいいだろう。お昼までには時間があるのだから。

だがしかし、私はガスパールの店裏口付近に、怪しい男がいるということに不審感を抱いた。ガスパールは裏口にそんな怪しい男をうろつかせるような馬鹿な男ではない。現在は下町の顔役としてお天道様に恥じない仕事をしているガスパールであるが、数年前まではスラム街のボスとして君臨していたような奴なのだ。そんな彼が、自分の店周辺の不審人物を許すとは思えない。

私はライニール様の背中越しに、その怪しい男を覗き込んだ。

「あ……っ」

そして、目に入ってきた、いかにも怪しい雰囲気を醸し出している男の顔を見た瞬間、思いっきり脱力してしまった。

「ごめんなさい、ライニール様」

「マーシャ殿？」

いきなり私からの謝罪にライニール様は驚いている。そりゃそうだ。下町の路地に入った裏道で、怪しい男を見つけたら警戒するよね。しかも、女性連れなら尚更だよね。それはライニール様が騎士だからというより、紳士なら誰でもそうするだろう。

私といえば、もういま何とも情けない気持ちでいっぱいだった。ただでさえ、今日のお使いに付き合ってもらっているだけでも申し訳ないのに、更に募る申し訳なさが半端ない。

その怪しい男は死んだ魚のような目をして、何とも覇気のない顔をして煙草《たばこ》を咥《くわ》え、何もない空間をぼうっと見つめていた。煙草の煙が不気味さを演出していて、気味の悪さが倍増だ。誰がどう見ても怪しい以外の何者でもない。

「……なんでそんな所で黄昏《たそがれ》ているの、ガスパール」

ライニール様は、怪しい男が私の紹介したいと思っていた人と同一人物だということに、さぞびっくりしたことだろう。本当ごめんなさい。こんな予定ではなかったと言い訳してもいいでしょうかね。

私たちに気づいたガスパールが顔をこちらに向けた。

「何でぇ、いちゃついている奴らがいるかと思えば、嬢ちゃんじゃねぇか……」

生気のない声にガスパールの重症具合を知った。これは顔役として支障が出るわ。ミランダさんの心配も納得である。

「綺麗《きれい》な兄ちゃんじゃねぇか……嬢ちゃんにも春が来たのか……？」

良かったなぁ、と心の籠もらないお言葉をもらってしまった。しかも『嬢ちゃんにも』？

「何言ってるの、違うわよ。こちらは私の同僚で、ライニール様です。貴方に紹介したくて連れてきたの。だからしゃんとしてちょうだい」

「おぉ、そうか……」

私の声にフラフラしながらもライニール様に向き直るが、どう見ても生気のない屍《しかばね》のようである。お願いだからしっかりしてほしい。

「アネモネ宝飾店オーナーのガスパールだ。情けねぇ所を見せちまって悪りぃなぁ……」

「ライニール・エイブラムスです。こちらこそ突然お訪ねして申し訳ありません」

「いや、兄さんが謝ることじゃねぇよ。俺がちっとばかしへこんでいてなぁ……まだ立ち直れていねぇだけだ」

「気にしないでください。誰しもそんな時はありますから」

ガスパール、敬語使って使って。ライニール様は平民ではないのよ!?

ライニール様は、警戒していたのが嘘のように挨拶をしてくれている。ましてや、優しい言葉までかけてあげるなんて、何て紳士。

そんなライニール様に、兄さんは優しいなぁ、とか言って目を潤ませるガスパール。女の子がすると庇護《ひご》欲をそそられる仕草だが、強面のガスパールがしてもちっとも可愛くない。むしろ不気味で、私だけではなくライニール様も引き気味だ。ガスパールをライニール様に紹介したのは失敗だっただろうか。だがしかし、普段はこれでもできる男なのだ。顔が怖いだけで下町の顔役は務まらない。のに、この醜態はどうした!?

「こんな所じゃ何だ。入ってくれ」

そう言って店の裏口を開けて、私たちを中に通した。その背中からは哀愁が漂っており、やっぱり失敗だったかもしれない、そう思った。

第三章　ドキドキワクワク強制初デート大作戦はどこ行った!?

裏口から入った私たちは、ガスパールに案内され応接室に通された。

「おい、客だ。茶、持ってこい」

ガスパールは奥にいる従業員に声をかけ、そして無作法にどかっと座り込む。その様子に私は目を疑った。

「ガスパール？」

お互いに自己紹介したのだからライニール様が貴族だってわかっているはずだ。それなのに、ライニール様を軽んじていると取られてもおかしくない態度をとるガスパールに、私は眉をひそめた。

ライニール様はヘロヘロなガスパールを『そんな時もある』と見逃してくれたけれど、最低限のマナーは必要だ。それを貴族も訪れる宝飾店を経営しているガスパールが知らないはずはない。

「……何でぇ、嬢ちゃんがわざわざ裏口から連れてきたってことは、信用できる相手だって認識だったんだがなぁ、違ぇのか？」

「そうじゃないでしょう！」

信用ができるできないの話ではない。

「いい、ガスパール。礼儀というのは、どんなに親しい相手でも最低限必要なものなの。相手を不快にさせない為に絶対に忘れてはいけないもの。また敬意を表す手段でもあるのよ」

「マーシャ殿」

「駄目です。こういうのはちゃんと言っておかないといけません」

ライニール様が止めるにもかかわらず、言い足りない私はガスパールを軽く睨みつける。

「確かにライニール様は私が信用している方よ。だから貴方に会いに来た。それは間違いではないわ。でも私は今日、私の友人でもあるアネモネ宝飾店オーナーのガスパールを紹介したくて来たのよ」

私は座り込んでいるガスパールを見下ろした。

「マーシャ殿、落ち着いてください」

「落ち着いています」

「では、深呼吸をしてみましょうか」

それはつまり、私が興奮していると言っているのですよね。だけどライニール様が止めようが、この場の空気が悪くなろうが、私はこれを言わなければならないのだ。

「嬢ちゃん、男の前で鼻息が荒いのはどうかと思うぜぇ」

「そう思うのなら……っ」

私はガシっとガスパールの顔を両手で挟んだ。

「体調管理くらいしっかりしなさい!!」

手のひらに伝わってくる体温は熱く汗ばんでいた。

「……気づいてたんか……」

「気づかないわけないじゃない」

予想が当たっていたことに、私はため息をつく。

この男、無作法に座り込んだのではない。ふらついてソファに倒れ込んだのだ。

「私が礼儀も弁えない馬鹿をライニール様に紹介するはずないでしょう」

馬鹿ね、と吐き捨てるように言った。

「不調を取り繕えないほど弱っているなんて思いもしなかったわ」

ミランダさんから様子がおかしいと聞いて、精神的なものかと思いきや、体力的にもヘロヘロだったとは。

「私を信用してくれているのは嬉しいわ。だけど私がいつも正しいとは限らないの。不調だろうが何だろうが、貴方の態度を咎めることを厭わない人なんて貴族にはいっぱいいるわ。そんな人を私が連れてこないという保証はないのよ」

私はガスパールに向き直り、頬を思いっきりつまみ上げた。

「いつ何時《なんどき》でも対応できるだけの余裕を持ちなさい。私も貴方も敵は多いのだから、いつどこで足を掬《すく》われるかわからないのよ。ましてや体調不良など相手が考慮してくれるわけないのだから格好の餌食になるだけじゃないの」

貴族と平民の命の重さは等しくはない。礼儀礼節は命を守ることに繋がり、それを怠っては平民の命は簡単になくなってしまう。それが今の社会なのだ。

「ひてぇひょ、ひょうひゃん」

一端《いっぱし》の男であるガスパールの弱々しい抵抗と間抜け顔に、私の力もガクッと抜ける。普段強面なだけでギャップが激しい。

「まぁ、私も貴方の都合も考えず来たのは悪かったわね。ごめんなさい」

表から入店していれば、ガスパールとの面会は断られていたはずだ。裏口から店に入ろうとしたばっかりに、ガスパールは不調を隠すことができずに醜態をさらす羽目になってしまったのだ。体調管理を怠ったガスパールも悪いが、知らなかったとはいえ、自分都合で動いた私も悪い。

「いいや、俺がいつでも来いって言ってたしなぁ……嬢ちゃんの言う通り、俺の油断が招いたことだ」

つねられた頬をさすり、苦笑しながらガスパールは言う。

「ライニール様も申し訳ありませんでした。私、ガスパールの不調がここまでひどいものだとは思わず案内してしまいました」

「いいえ、貴女が気づいていて良かったですよ。一時はどうしようかと思いましたから」

どうやらライニール様はガスパールの不調に気づいていて、私を止めようとしたようだ。先ほど握手を交わしていたから、その時に気づいたのだろう。

「聞いていた以上に親しい関係であることがわかりましたし、それだけでも収穫ですね」

ライニール様の小さい声で呟くように言った台詞がしっかりと耳に届いてしまったのだけど、どう反応したらいいものか。収穫って何の情報収集なのよ、すっごく突っ込みたい。

「え……っと……、冷たいタオルを用意したいのですが……」

と、ここは聞かなかったことにした。だって何か怖いものを感じるもの。

「ええ、そうして差し上げてください」

快く了承してくれたライニール様に、私は軽く頷く。

誰か他の従業員を呼ぼうとして応接室から声をかけるが、誰の声も返ってこなかったことに頭を捻る。普段は誰かしら必ずいるのに。

「ガスパール、申し訳ないけれど勝手にしてもいいかしら？」

誰もいないのでは仕方がない。給湯室に行けば、お茶の用意を頼んでいるので一人くらいはいるだろう。

ガスパールが力なく手をひらひらと振った。もう声を出すのすら億劫《おっくう》になってしまったようで、顔色もひどく悪い。これは少し急いだ方が良さそうだ。

「ちょっと行ってきますね」

私はそう言い、ライニール様が頷くのを確認してから、人がいるだろう給湯室に足早で向かった。

給湯室に行くと、案の定お茶の用意をしている女性従業員がいた。私に気がついた彼女はびっくりしていたが、事情を話すとすぐに桶《おけ》に水とタオルを用意してくれた。

「私が持っていくから、貴女はお茶を持ってきてくれる？」

「え、ですが……」

簡素な私服といえども、平民からすれば上等な服を着ている私を貴族だと理解している彼女は、ひっきりなしに恐縮するが有無を言わさず、私は桶を抱えた。

「お願いね」

それだけ言うと、さっさと給湯室を出る。うろたえているだろう彼女にも申し訳ないけれど、押し問答している時間が勿体ない。ガスパールの様子を見るに、できるだけ早めに持っていきたいのだ。

「何かしら……？」

足早に応接室に急いでいると、店のある方が騒がしいことに気づいた。キンキンとした高い声が聞こえてくる。何を言っているのかまでは聞き取れないが、女性の金切り声であるのはすぐにわかった。

嫌な予感に少しだけ足を止めて、店頭とこちら側を隔てている仕切りにあるガラス戸から、そっと覗き見る。

「うわぁ……」

嫌な予感、大当たり。

ガラス戸から見えたのは、真っ赤な髪を揺らし、店の従業員を睨みつけているシエルリーフィ・バウワー伯爵令嬢と、その後ろに隠れるようにしてエイリア・ブーレラン子爵令嬢がいた。二人とも王宮の廊下で会った、プリシラ王弟妃殿下の取り巻きだ。ガスパールには申し訳ないが、やはり裏口から入って良かった、と心底思った。

令嬢たちの正面には、顔を手で覆い隠して俯いている従業員の肩が震えている。女性というより少女といった方が近いような年若い従業員だ。他の客は関わり合いになりたくないとばかりに遠巻きに見ているか、慌てて店から出ていったようだ。

バウワー伯爵令嬢が何かを言っているのが見えた。多少は落ち着いたのか、先ほどのような金切り声ではないからか、声は一切聞こえない。

そうしていると、見慣れた男性が現れた。この宝飾店の支配人ニールだ。

バウワー伯爵令嬢に話しかけ、そして従業員の少女にも何かを言うと、少女は俯いたまま頷き、小さくお辞儀をして足早にその場を離れていく。というより、こちらに向かってきた。

私が覗いているガラス戸が出入口なのだから当然の行動なのだけれど、私は桶を抱えたまま、慌ててぶつからないようにガラス戸から離れた瞬間に戸は開いた。

「っと、危ない……！」

間一髪でぶつからなかったものの、桶に入っていた水が洋服にかかってしまった。

「……っ、きゃ……！」

顔を上げた少女が、私の姿を見て大きく目を見開き、そして我に返ったようで慌てて頭を下げてきた。大丈夫よ、と声をかけようとして、私は目に入った少女の顔を見て絶句してしまい声が出ない。

「……ヒッ……、もう、しわけござ、いま、せ、ん！」

そんな私の様子に嗚咽が零れ始めている少女は、目に見えて全身を震わせている。

「大丈夫よ。気にしないでちょうだい」

悪いのは覗き見していたせいで、避《よ》けきれなかった私だ。

「さぁ、顔を上げて。ね？」

怯《おび》えているのを刺激しないように、優しい口調を心掛けて声をかける。

「……っはい……」

それでも怯えてしまうのは仕方がない。震える体で恐る恐る顔を上げた少女の頬を見て、やはり見間違いではなかったことを知る。

「その頬は、打《ぶ》たれたのね？」

どうしたの？　とは聞かない。少女の頬は真っ赤に腫れていた。しかも、打たれた中心であろう場所は三センチ幅で、更に腫れあがっていた。あからさまに扇で打たれた跡だ。

「……ひ……っく」

嗚咽を零すだけで少女は答えない。怖くて答えられないのだろう。貴族に頬を打たれ、そして今目の前にいるのも貴族の私なのだから。

「大丈夫。大丈夫だから泣かないで」

桶を少し置いてタオルを絞り、震えている少女の頬に優しく当てる。ピクリと少女は肩を震わせた。

「私の方こそこんな所で邪魔をしてごめんなさいね」

「……っ……あり……がとう、ございます……っ」

「いいのよ。ほら、タオルをしっかり持って冷やしてちょうだい」

少女の手を取り、頬に当てたタオルを押さえさせる。

「貴女とは初めましてだわね。マーシャリィ・グレイシスよ。ここのオーナーとは友人なの。いきなり知らない人がいてびっくりしたでしょう。ごめんなさいね」

「いいえ、いいえ……っ」

「そう、ありがとう。貴女のお名前は？」

「……カリエと、申します……」

嗚咽を残しつつ、私を窺うようにして少女は答えた。

「そう、カリエというの。素敵なお名前ね。カリエはまだ若いのに、ここで働いているということはとても優秀なのね」

「いいえ、そんなことは……っ」

私の台詞に、カリエは恐縮するように首を振り、また俯いてしまった。きっと私の言葉をお世辞だとでも思っているのだろう。

「そんなことあるわよ。私、ここで働くってことがどんなに大変か知っているもの。カウンターに立つだけでもたくさん勉強が必要なのでしょう？」

平民が貴族相手に接客をする必要があるカウンターに立つ為には、貴族に通用する礼儀作法を身につけないといけないということだ。他にも数ある宝石、金属の種類などの知識も必要だし、それぞれお客様に合った宝飾品を案内する為の目を鍛えることも大切だろう。カウンターに立つということは、店の顔になるということなのだから。

「そう……ですが……。本当は私……まだ見習いで……」

「見習い？」

「はい……。本来でしたら、店に出るのはまだ早いのですが……人が足りなくて……それで……」

確かに店内にいる従業員も先ほど給湯室にいた従業員も、私の知らない人だった。開店当時からのベテランが誰もいない。

「そう。もしかして今日がカウンターデビューだった？」

「……はい」

カリエはじわじわとまた瞳に涙をため始めた。頬を打たれたショックを思い出してしまったのだ。まだ見習いという勉強中で、急遽《きゅうきょ》カウンターに立つには勇気が必要だっただろう。不安と期待で胸が張り裂けそうになるくらい緊張したことが手に取るようにわかった。私も昔、同じような経験をしたことがあるから、尚更共感ができた。

「まぁ、それはおめでとう。良かったわね」

どういう理由があれ、カウンターに立てるだけの力を認められたのだ。それは素直に喜ぶべきことだろう。

「……っ、良く……なんか……っ」

なかった……っ！　と嗚咽と共にカリエは本格的に泣きだしてしまった。

彼女の嗚咽の中に、上手く接客ができなかった後悔と、頰を打たれて知った恐怖と、そして自分の憧れであろうカウンターに立つという仕事への絶望が見えた。

「うん、大変だったねぇ。でもね……」

次の言葉を放った瞬間、カリエはポカンと顔を上げていた。

「あれは良い踏み台になると思うわよ、私」

「……へ？」

何を言われたのかわかりません、と言わんばかりの表情のカリエ。

「ふ、ふみだい……？」

「ええ、そう。踏み台」

踏み台の意味がわからないかしら？

もちろん、高い所の物を取ったり、上る為に乗る台のことではなく、目的を遂げる為の足掛かりとして利用する為の踏み台のことである。

「これから貴女、どんな横柄な人の接客をすることになっても笑顔で受け流すことができるようになるわ」

「え、え？」

「だって、あんな強烈な人ってなかなかいないでしょう？　あれに比べたら、それ以下のおバカちゃんの相手なんてお茶の子さいさいではないかしら。そう思わない？」

「え……、はい……？」

おやおや、まだ理解ができないかしら？

「最初にね、強烈なのを体験しておくとね、その後がすっごく楽になるの。経験者が言うのだから間違いないわ」

「……経験者……」

「ええ、私の周囲には強烈なのが多くて。ふふ」

とっても踏み甲斐《がい》のある台ばかり。大いに利用させていただいておりますとも、もちろん無駄なく、ふふ。

「私はね、そういうのに当たるたびにこうしているの。

『わざわざ私の踏み台になる為に来てくださるなんて有難うございます。お望み通り心置きなく踏み台にさせていただきますわ。だってそのくらいの価値しかございませんものね。私が有意義な使い方をして差し上げますわ、感謝してくださってもよくってよ、おほほほほ』

と心の中で高笑いよ。そうすると相対《あいたい》している時に不思議と穏やかな笑顔でいられるのよね」

物語に出てくるような悪役で意地悪なご令嬢のように、腰に手を当てて、もう一つの手は口元に沿わせ、体を反らせ気味な自分を頭の中で思い描いてみるのがお勧めだ。ちなみに私はクワンダ国でできた友人をモデルにしている。決して意地悪でも悪役でもないが、高笑いをさせたら天下一品な年上の友人だ。

我ながら良い性格しているなぁ、とは自覚している。けれど相手が高圧的な態度を取っているのに、なぜ私が良い子ちゃんをしなくてはならないのか。高圧的な態度で来られたら高飛車な態度で返しましょう、心の中で。これを馬鹿正直に正面きって言うのは問題があるが、胸中ぐらい自由にしたっていいじゃないのよ、ねぇ？　どうせ聞こえやしない。

「でも、それは貴女様もご貴族でいらっしゃるから……」

「平民であるカリエが貴族に対してこんなこと思っては駄目だと？」

「……咎められてしまいます……」

「魔法使いでもあるまいし、心の中を誰が覗けるの？」

「それは……そうですが……」

「それに、横暴な人というのは貴族だけに限らないわ。平民でも年齢が上なだけで年下を目下だと思っている人や、男性というだけで女性を軽んじる人もいる。『年下のくせに』『女の分際で』とかね。逆に『貴族のくせに』と言われることもあるわね」

これは性根の問題であって、身分の問題ではない。

「ああいう人たちというのは他を下に見ることで自分の自尊心を満たしているのよね。そして自分より少しでも秀でている人を見つけると妬んで攻撃をする生き物なの。小さくてつまらない人間だと思わない？」

そんなゴミにもならない自尊心など、暖炉にくべてしまえばいいのに。本当に持つべき自尊心やプライドは、そんなちんけなものでは決してない。

「だって、そうでしょう？　身分や年齢、性別だけで人を見下す行為はとても醜くて滑稽なものだわ。自分にはそれしか誇れるものがありません、と見下している人に言っているようなものじゃないの。逆に私に見下してもらいたいのかと勘違いしてしまいそうになるわね。もしかして、そういうご趣味があるのかしらって」

悩ましげに小首を傾げてみる。

たとえ私に理解ができなくても、世の中には色々な趣味をお持ちの方っているから、あながち否定はできない。

「だから私ね、一度でいいから聞いてみたいの。『あなた方が下に見ている私から見下されるというのはどういうお気持ちですか？』ってね」

逆上するようならただのおバカさん。悦に入ってしまうようなら変態さんだ。どちらに当たっても外れ感が半端ないが、遠慮なく踏めるという点では良い台である。

「ふはっ」

私のあんまりな言い分に、カリエはとうとう我慢ができなくて吹き出すように笑いだした。

「あは、あはっはは……痛っ！」

「大丈夫？」

笑ったせいで腫れた頬に痛みが走ったのだろう。

「っ、大、丈夫です。ふふ、痛いけど、おかしい……！」

笑うたびに頬が痛むにもかかわらず、カリエは笑い続けた。どうやらツボに入ってしまい止まらなくなったようだ。

特に冗談を言ったつもりはないが、そこまで笑ってもらえたのなら何よりである。やっぱり女の子は泣き顔より笑顔がいいよね。

ひとしきり笑ったカリエは、落ち着いたのか大きく息を吐いた。

「お話に聞いていた通りのお方なのですね」

「そう？」

誰からどんな話を聞いたのかはわからないけれど、今の会話で『聞いていた通りのお方』と言われると、少々微妙である。

「はい。先輩方から『お嬢さん』と呼ばれるお貴族様がいらっしゃることを聞いていました」

「『お嬢さん』って年でもないんだけどね」

年齢だけ見れば『お嬢さん』ではなく『奥様』なのだが、こればかりは仕方がない。

「……聞いてもいいですか？」

「ええ」

カリエは真剣な眼差しで、私を見つめた。

「悔しくはないのですか……？」

私は悔しい、とカリエは唇を噛《か》みしめた。

「わかるわよ。私もすごく悔しかったわ」

年齢、性別、身分。全てのもので、私は見下され軽んじられてきた経験を思い出しながら話を続けた。

「でも悔しいと思えるのなら、あれは間違いなく貴女の力になる踏み台よ。私はその悔しさを力に変えることができるのを知っているもの」

悔しさは間違いなく自分を高める力になる。

「カリエが努力してきたことを、そんなちっぽけな人のちっぽけな自尊心やプライドで邪魔できるはずがないわ」

「本当にそう思いますか？」

「ええ」

私もカリエの瞳を真っ直ぐに見返す。

「だからカリエ」

その瞳の中には、先ほどまであった悲しみや絶望の色は見えない。

「その悔しさをバネにして、思いっきり盛大に踏んで差し上げなさいな！」

「はい!!」

うん、良いお返事です！

前向きな笑顔を見ると、気持ちがいいね。きっとこの娘《こ》なら大丈夫。そんな風に思える笑顔だった。

「お話は終わりましたかね」

「ひぁっ！」「きゃっ！」

び、びっくりした。淑女らしからぬ声が出ちゃったじゃないの。

カリエの可愛らしい悲鳴に対して、私はどこから声が出たのかと疑いたくなるほど間抜けな悲鳴ですらない声である。

「いきなり登場しないでちょうだい、ニール」

出入口の扉を開けて私たちを見下ろしているのは、支配人であるニールである。

いつからそこにいたのか。確か貴方、カリエに代わって令嬢二人のお相手していなかった？

「いやいや、扉の前で話し込んでいたのはお二人でしょうが」

「そうだけど……」

カリエとの会話に夢中になっていたことは否定しないけれど、少しくらい気配的なものをアピールしてくれていたら、ここまでびっくりしなかったのに。

「それに、貴女がたが邪魔をしていたのは僕だけではないですがね。ほら」

そう言われ、顔をニールの示す方にやると、お茶セットを持ったまま困り果てている女性従業員の姿があった。目が合って気まずそうに視線を彷徨わせている。

「……」

給湯室から応接室に行くには私たちのいる出入口を通り過ぎなければいけないのに、話し込んでいれば困るのは当然だ。邪魔以外の何者でもないわけで。

「……ごめんなさい」「すみません……」

私とカリエは二人で頭を下げるしかなかった。

「まぁ、いいですけど。カリエ、早く手当をしなさい。そして君、お茶は僕が持っていきます。お嬢さんは……」

「これを持っていくわ」

廊下にある飾り棚に置かせてもらっていた水桶を手に持つ。すっかり忘れかけていたけど、私これを取りに行っていたのだよ、ガスパールの為に。

お茶を持ってきた従業員は、ニールが言ったようにお茶を渡して、カリエと共に下がっていった。

「水桶……オーナーにですか？」

「そう、熱が出ているところに押しかけてしまったしね」

「あれにそんな気遣い無用だと思いますが？」

「そう言わないの」

相変わらずガスパールに対して当たりは強いのね。一応は雇い主なのだから少しくらいは敬いなさいな。まぁ、言っても無駄だろうけど。

「放っておけばどうですかね。あれはただの自業自得ですよ」

「自業自得？」

どれだけ不摂生してたの、ガスパール。

「ええ。お嬢さんはこの季節に自分から進んで一晩中雨に打たれる男をどう思いますかね」

「え、変人？」

「それがオーナーです」

「……」

多少暖かくなってきたとはいえ、まだまだ朝晩は冷え込む今の季節に一晩中雨に打たれるって、一体何の苦行だ。不摂生でなくとも体調崩して当たり前じゃない。

「なんでまたそんなことを？」

「それは……まぁ、すぐにわかることですよ」

つまり教える気がないということね。

「まぁ……いいけど……」

コンコン
応接室の扉をノックすると、中からガスパールの声がすぐに返ってきた。おや、思っていたより元気そう？

「お待たせしてごめんなさい」

そう言いながら室内に足を踏み入れると、なぜかガスパールはライニール様と楽しそうに談笑をしていた。

「……ガスパール。貴方、具合が悪かったのでは?」

私が部屋を出る時は確かにぐったりしていたのに、一体どういうことだ。

「おぉ、すまんな嬢ちゃん。エイブラムス殿と話をしていたら調子が少し戻ってきたんで、せっかく店に来てもらったんだ、とっておきの品を見てもらいたくてなぁ」

「あまり無理はしないで良いと言ったのですが……」

ほう、ライニール様の言うことを聞かず、とっておきの商品を売りつけていたと……。

「だから無駄だと言ったでしょうが……」

小さな声が背後から聞こえてきた。全くもって否定ができない。私の気遣いはどうしてくれるの。この桶の水を頭からぶっかけてやろうかしら。

「おぉ、ニール。ちょっとこっち来いや」

そんな私の胸中を知らず、ガスパールはニールを近くへ呼んだ。

「歓談中失礼いたします。当宝飾店の支配人を任されております、ニールと申します」

どうぞお見知りおきを。と洗練された動きで挨拶をするニールに、ライニール様はコクリと頷いた。

「ライニール・エイブラムスです。今、丁度貴方のお話を伺っていたところです。私とそう年が変わらないのに支配人を任されている優秀な方だと」

「滅相もございません。エイブラムス様とは比べものにならない若輩者にございます。エイブラムス様こそ、その名は大変ご高名かと存じております」

「思っていた通り謙虚な方だ。私の名など家名があってこそのものです」

「それこそご謙遜が過ぎるかと」

そう、これこれ。これが正解。私がガスパールに望んでいた対応は、間違いなくライニール様とニールとで交わされているこれですよ。ガスパールのタメ口で対応なんて言語道断である。だがしかし、ニールほど謙虚って言葉が似合わない男はいないのに、と心の中だけで大爆笑である。私の知っているニールは腹黒毒舌タイプで、まかり間違っても謙虚なんてものは持ち合わせていない奴である。だが、それをライニール様が知ることがあるのかないのかは、これからの付き合い次第なのだろう。

「ところで、何だ。水を取りに行っていただけにしちゃあ遅かったな」

「あぁ、それなんだけど……」

私はライニール様に視線を向けた。

「何かありましたか？」

「ええ」

私は持っていた水桶を配膳し終わったニールに引き取ってもらい、今見たことを話すことにした。

「私たちが危惧したように、バウワー伯爵令嬢とブーレラン子爵令嬢がおりました。しかもなぜか、メイドや従僕を連れずに」

「令嬢が二人だけで？」

「ええ、少なくとも店内に姿はありません。ひどく興奮されていて、人目も気にせず従業員に暴力を」

貴族は体面というものを気にするものだ。庶民街の宝飾店とはいえども貴族も訪れるこの店で、メイドも侍従も伴わずに、人目も気にせず感情的に喚き散らした挙句、従業員に手を上げるなどあり得ない。

「手を上げたのはどっちだ？」

店の従業員に暴力を振るわれたことに、ガスパールが声に怒りを滲ませ言った。

「状況だけを見るとバウワー伯爵令嬢だと思うけれど、私はその瞬間を見たわけではないから確実に彼女だとは言い切れないわ。ニールは？」

ニールは首を横に振った。

「残念ながら」

どうやら目撃した他の従業員が、慌ててニールを呼びに来たそうだ。

「後で話を聞かんといかんな……」

「そうね。そうした方がいいわ。怪我《けが》の方は少し治るまで時間がかかりそうよ。大分強く打たれたみたいだったから」

それでも頬の怪我が治らない以上、しばらくはカウンターには立てないだろう。別れ際に見た彼女を見る限り、やる気に満ち溢《あふ》れていたから大丈夫だとは思うけれど、後日もう一度様子を見に来よう。ああいうのは後から心身に変調をきたすこともあるから少し心配だ。

「心が折れてなきゃいいがなぁ……」

「それでしたら、お嬢さんがフォローをしてくださっていましたから大丈夫かと」

「おぉ、さすが嬢ちゃんだ」

「褒めても許さないわよ、私」

ライニール様に宝飾品を売りつけようとしていたこと。

「別に買ってもらおうと思って出したんじゃねぇよ？」

本当かしら？　ジトっとした目つきでガスパールを見やると、ばつが悪そうな顔をしてそっぽを向いた。

「マーシャ殿。私は良い品を見せてもらい満足してますので、その辺で」

「えー……、ライニール様がそう言うのなら」

渋々ではあるが、当のライニール様が満足しているのなら私が出る幕ではない。

「ところで、そのご令嬢たちは何しにこちらに？　お話を聞く限りでは購入目的ではなさそうですが」

「そう言われるとそうですね。購入目的なら令嬢だけで来るわけないですし」

これが平民なら友人と一緒に買い物に来たという場合もあるが、あの二人はご令嬢だ。わざわざけんかを売りに来たわけでもあるまい。

「どうなんだ、ニール」

普通ならば、お客様と揉めた内容など答える店などないだろう。だがオーナーであるガスパールに促されたニールは口を開いた。

「宝飾品の修復依頼にございます」

「修復依頼……珍しいわね」

私はポツリと呟いた。

別に修復依頼が珍しいのではない。この店に修復を依頼したということが珍しいのだ。所有する宝飾品に修復が必要となれば、まず宝飾を購入した店に依頼をする。すると店の者が屋敷まで預かりに来るので渡し、修復後また届けられるというのが通常の流れである。平民が使用するような価格の宝飾ならば、この店に持ち込むこともあるだろう。だが彼女らは貴族である。貴族が所有するような宝飾品をわざわざ持ち込むというのは珍しいのだ。

「年代物……とか？」

年代物故、どこの店からも断られてしまい駄目元で持ち込んだとか……。いや、それも考えづらい。アネモネ宝飾店はここ数年で急成長した店であり、年代物の宝飾を取り扱っていないことからも、そうした宝飾の修復には向かない。それならば貴族街にある有名店の方が確実だ。

「いいえ、デザインは比較的最近の物ではあったのですが、当店ではお受けできない刻印がございましたのでお断りさせていただきました」

「はぁ？　刻印があるのを持ち込んだのか？」

「はい」

宝飾品にはランクというものがある。それは宝石や金属の種類でもランク分けされるが、それ以外に店の名前でも分けられる。ランクの高い店で購入したというだけで、その宝飾には価値が出るのだ。それゆえに宝飾自体だけではなくケースや証明書にも必ず店の刻印がされている。

「お金を余分に支払うので修復を、とおっしゃったのですが、さすがに有名店の刻印のある品をお預かりするわけにはいきませんでしたので……」

それはそうだ。提携関係を結んでいる店なら別として、刻印がある品をよその店が勝手に修復するのは、その店を侮辱しているのと同等の行為である。そんな修復依頼を受けることができるはずがない。

「それであんなに喚いていたの？　え、本当に？」

どれだけ世間知らずなんだ、あのお二人は。脳内がお花畑だとは薄々感じてはいたものの、あまりの非常識にびっくりする。

「で、それからどうしたの？」

「一点だけ刻印がない物がございましたので、それだけお受けしてお帰りいただきました」

「納得してくれた？」

「ご不満そうではありましたが、どうにか」

「そう……大変だったわね」

何といいますか、想像以上の問題児で頭が痛い。あれらが王弟妃殿下のご友人である以上、私は関わり合いになる可能性が高い。今からそのことを考えるだけでグッタリだ。

あぁ、本当に面倒くさい……。王弟妃、私に構うのをやめてくれないかなぁ……。

「その宝飾品の修復を隠したい理由でもあるのでしょうか」

ライニール様がそう言った。

「どういうことですか？」

「使用人を連れてこなかったということは、家の者には隠しておきたいように受け取れます」

「ですが家紋付き馬車に乗ってきて、隠すも何もあったものではないでしょう？」

使用人を連れてこなくても御者はいるのだ。それに、もし本当に修復依頼を隠したいのであれば、あんなに目立つ行動をとるはずもない。恐らく宝飾店で騒ぎ立てたことは、社交界で小さな噂の一つとしてすぐ広まるだろう。どう考えても不自然だ。

「ガスパール殿。その預かった品を見せてもらうことは可能ですか？」

「えっ、ライニール様!?」

いきなり何言っちゃってんの、ライニール様!?

「あー……、そいつぁ……」

ガスパールはライニール様の台詞に渋い表情をした。

そんなの当然だ。揉め事の内容を聞いただけでも顧客情報漏洩《ろうえい》に値するのに、その上預かった宝飾品まで見せてもらうなんて、いくら何でも無理だろう。

「大変不躾《ぶしつけ》な願いだとは理解していますが、そこを何とかお願いしたい」

やけに食い下がるライニール様の様子に、私は内心首を傾げる。

「どうしたもんかなぁ……なぁ、ニール」

ガスパールは渋い顔をしたまま、ニールを見上げた。

「そうですね……。簡単にお見せするわけにはいきませんが……」

そう言って、思案するように天井に視線をやった。

「そこまでおっしゃる理由をお聞かせ願えますでしょうか。それ次第ではお見せすることも可能かと」

つまり納得いく理由がなければ見せない、と。

まぁ、そのくらいの要求は当然だよね。無理なことをお願いしているのはこちらなのだし。

ライニール様は了承するようにと頷き、そしておもむろに私に向き直った。

うん？　もしかして私に関係することですか??

「マーシャ殿。先日報告があった贈答品の紛失の件を覚えていますか？」

「ええ。覚えていますが……」

あれでしょう。ラウルが珍しく私に贈り物をしたらしいけれど、私はそれを知らないというあれ。私に対する個人攻撃ならまだしも、王宮内の不祥事である可能性があったので、調査を進言した件だ。

「調べてみたところ、他に贈答品が紛失したという報告はありませんでした」

「そうですか」

つまりは、私への個人攻撃の可能性が高い。ラウルが本当に私に対して贈り物をしていたのなら、王宮外で行方がわからなくなったということだ。

「例の彼は、その品の行方を追っているようです」

へぇ、どういう風の吹き回しなのだろう。確固たる証拠を持ってこいと叱ったのが効いたのだろうか。私が王弟妃に嫌がらせをしたという噂の件と、アレからの贈り物がなくなった件の接点に気づいたとか。元はといえば、どちらも私に対しての嫌がらせだ。あの愉快なおつむでは別件だと考えそうなものを、どういう心境の変化なのか。どちらにしても今更感が半端ない。

「あら、アレが動くなんて初めてですね」

「彼が貴女に対して贈ったプレゼントだから、その行方を調べる気になったのでは？　今までの貴女への被害は、彼が関係することではなかったでしょう？」

「直接、関係していなかっただけで原因は彼らですけどね」

王弟妃崇拝者や『悲劇の人』信奉者が勝手に私に対しての嫌がらせをしてきただけで、直接手を下したわけではないのは確かだ。

今までいくら訴えても人を疑うだけで調べるなんてしなかったくせに、自分が直接関わることに対しては動くなんて、相変わらず自分勝手な脳みそ。まぁ、これまで私に嫌がらせをしてきた方々にはきちんと罪を償ってもらっていますから、今回もたとええアレが動かなくても個人的に調べて、それなりの対応をする予定ではあったけれども、どうも癪《しゃく》に障る。

「では何ですか。ライニール様は、その行方のわからなくなった宝飾と、バウワー伯爵令嬢たちが持ち込んだ宝飾に関係があると考えているのでしょうか？」

「可能性の一つとしては、です」

調べられ始めたことに気づいた令嬢が、慌ててばれないように対処していると考えれば、一応筋は通る。

「ですが少しお粗末すぎではないですか。こんなやり方では簡単にばれますし、もし仮にそうだとしたら、もう少し慎重になるのではないでしょうか？」

アレは愉快な脳みその持ち主ではあるが、こんな稚拙な方法で誤魔化しがきくような馬鹿ではない。グラン国近衛騎士団は、馬鹿に隊長を任せるような愚かな真似はしない。

「まだ学園すら卒業していない子供の考えることだと思えばどうでしょうか」

「子供といっても、あのご令嬢一六歳前後ですよね。その年頃の子はもっと利口ですよ」

まだ一桁台の子供だったらわからないではないが、さすがに侮りすぎではないだろうか。純粋な子供ではないだけ無駄に悪知恵が働く年齢だ。

「いやぁ、甘やかされた世間知らずのお貴族様だったらいるんじゃね？」

「店でのご令嬢たちの行動をとっても、そんなに利口であるとは思えません」

ガスパールとニールまで、あり得ることだと言う。

「周りに肯定され続けて育った子供というのは、不思議と『自分は大丈夫』だと根拠のない自信を持っているものです。自分のやることに間違いはないと」

そして、それは得てして財力のある貴族の子息子女に多く見られる傾向である、とライニール様は続けて言った。

「バウワー伯爵令嬢はそのタイプでは?」

初対面でいきなり、王弟妃の為にマイラ様の時間を空けろと言ってくるくらいだから、傾向が見られるも何も、根拠のない不思議な自信を持っているのはわかる。

「あくまで可能性の話であり確定ではありません」

「……そうですが」

腑に落ちないところではあるが、ライニール様の意見には一理ある。

「ガスパール、ニール。私からもお願いするわ。その預かった宝飾品を私たちに確認させてもらえるかしら?」

どちらにしても個人的に調べる予定であったし、遅かれ早かれガスパールたちには協力してもらうつもりだった。それがただ単に今日だったというだけだ。

「ある程度の状況は把握しました。承知いたしました、お持ちしましょう」

よろしいですね、とガスパールに確認をしたニールは応接室を出ていく。

そして数分も経たないうちに預かった宝飾を手に戻ってきたニールは、コトンと目の前のテーブルにそれを置いた。

「こちらがお預かりしました宝飾と預かり証でございます」

宝飾の入ったケースと一緒に置かれた預かり証を手に取り確認してみると、そこにはしっかりとバウワー伯爵令嬢のサインがあった。

「隠す気があるなら偽名を使うと思うのですけれど……」

私はポツリと呟いた。堂々と本名を書いている時点で、関わっている可能性は低いと思うのは私だけだろうか。

「あのよ、確認するのは良いとしてもだ。これが嬢ちゃんへのプレゼントなのかはわかんなくねぇか。名前が書いてあるわけじゃねぇしよ」

ガスパールは宝飾が入ったケースをコンコンと叩きながらいい出した。

「今ここで断定する必要はありません。怪しくないかを確認するだけで十分ですから」

「んー、ま、そだな。怪しけりゃ裏取ればいいだけだしな」

うんうん、とガスパールは頷いた。

「マーシャ殿。彼はどこで購入したか言っていませんでしたか？」

「えーっと、領地視察の護衛の際とか何とか言ってたような気がします」

王弟妃の領地視察。それは王弟殿下の治めるリーゼンロッテ領のことだろう。大きい港のある交易が盛んな土地で、真珠の名産地でもある。

「では高い確率で真珠は使われているでしょうね」

「真珠か……。そういえば嬢ちゃん、誕生日過ぎたばっかりだろ。アメジストの可能性もあるんじゃねぇ？」

さらっと私の誕生石を言い当てるガスパールに、宝飾店オーナーの名は伊達じゃなかったんだな、と変な感心をする。

「それでしたらシトリンやトパーズ、もしくは琥珀《こはく》でも考えられますね。マーシャ殿の色ですから」

淡い黄色みを帯びた栗色の髪と瞳ですから、私の色に合わせるとなればインペリアルトパーズやシトリン、たまに琥珀ではある。

でもなぜそんなに宝石に詳しいのですか、ライニール様。

「あの男の瞳の色でエメラルドってのはどうだ。独占欲溢れるチョイスだな」

「やめてちょうだい」

そんな独占欲いらないし、ないから。

「嬢ちゃんの色とエメラルドの連なってるものだったらどうするよ」

「どうもしません」

いやらしい笑みで聞いてくるガスパールに多少の苛《いら》立ちを感じつつ言い返す。

全く、多少は良くなったとはいっても体調は万全ではないはずなのに、無駄にテンション高いわね。

「ちょっとガスパール。ふざけてないで真剣に考えてちょうだい」

遊びではないのだ。もう少し真剣な態度がとれないのだろうか。

「ふざけてねぇよ。あらゆる可能性の話だろ。女に宝石やドレスを贈る時にゃ男の本音や下心が垣間見られるもんだろうがよ」

なぁ、とガスパールは同意を求めたが、ライニール様はあいまいな笑みを浮かべるだけ。否定はしないんだな、と私は内心思うのだった。

「今までのプレゼントから傾向がわかるのではないでしょうか。ご本人が選んだものなら好みが出るでしょうから」

ニールの発言に二人の視線が私に向いた。今までもらったプレゼントの傾向を、とその目が言っている。

「んー……っと、ですね……」

どうしよう。言わなくちゃ駄目だとはわかっている。だがしかし、少々勇気がいるのだ。これを言えば、どういう反応が返ってくるか想像がつくのでできれば言いたくない。

「マーシャ殿？」

「嬢ちゃん？」

不審気な眼差しを向ける二人から逃げるようにして、私は顔を背けた。

「んー……そうですね、プレゼントの傾向ですか、うーん……っと」

ちらっと二人の顔を見ると、不思議そうな表情で私の答えを待っている。

「…………………………………………………………もらったことない、です」

たっぷり時間をかけて、顔を背けたまま小さな声で告げる。

「あ？　何つった？」

私の声が小さくて聞こえなかったのか、もしくは耳が拒否をしたのか、どちらかは定かではないが、ガスパールが聞き返してきた。

「だから、宝飾品など、アレから、もらったことはありません!!」

もうやけくそだった。なけなしの女としての尊厳はズタボロだよ、もう。

「え!?」

「はぁ!?」

だよね。そうだよね。いつも冷静なライニール様だって、ついそんな声出ちゃうよね。ガスパールだって顎が外れちゃうくらい口開けちゃうよね。わかってたよ!!

「……………………それは、本当ですか？」

信じられない、と言葉に滲ませて言ったライニール様に、私は頷く。

「本当です。一〇年ほど、手紙一つもらってないです」

一一歳の時に婚約が決まってから約一四年。もらったプレゼントは幼き頃のぬいぐるみやオルゴール。装飾品はレースのリボンが精々だ。一五歳の誕生日に留学先のクワンダ国に届いた綺麗な彫りのあるガラスペンをもらったのを最後にして、それから贈り物は一切ない。

「正直、アレが私に贈り物をしたと聞いた時も珍しいことがあるなと思いましたし、何なら嘘ではないかと疑ってもいました」

ライニール様からラウルが調べていると聞いて、その時初めて事実だと受け入れた。

「今でも何かの罠《わな》ではないか、とさえ思っていますし？」

だからですね。

「そういうわけですので、アレの好みは存じません！」

開き直って言い切り、三人の顔を見やれば、頭を抱えているガスパールと、哀れみの表情を隠しもしないニール。

「……ひっ……っ」

そして、鬼の形相をしているライニール様がいた。

「ラ……ライニール……様？」

怖い怖い怖い、すっごい怖い、本気で怖い。ライニール様から漂ってくる怒気で凍えそう。

「大概な男だとは思っていましたが……ここまでとは……っ」

男として騎士として、そしてきっと私の仲間として、どれだけラウルの行動が受け入れ難いことなのか、ライニール様の怒りがそれを物語っている。

「ライニール様。落ち着いてください」

「私は落ち着いています」

そう言う人に限って、全然落ち着いていませんから。

「貴女はなぜ冷静でいられるのですか。ここまで蔑《ないがし》ろにされて腹立たしくないのですか！」

「腹立たしい……ですか」

「そうです。貴女はもっと怒るべきです！」

「それはそうですが……」

男性から女性に対しての贈り物が気持ちの大きさを示す手段であるというのは知っている。それが婚約者相手となれば、たとえ形式的なもので気持ちが伴わなくとも贈り合うのは当然であることも。

私だって、腹立たしくて仕方がない時はあった。悔しくて、悲しくてやりきれない気持ちでいっぱいになった時も。けれどそれは本当に最初だけ。

「一〇年間も怒り続けるのは疲れます」

怒りを持続させるのは案外大変で、私にはそれを持ち続けていくだけの気力を持ち得なかった。女としての尊厳は確かに傷つくけれど、私個人としては、ラウルからの贈り物《気持ち》がもらえなくても平気な自分がいたのだ。

「私、アレ一人にそんな労力を使う暇はなかったのですよ、この一〇年間。目まぐるしい日々に追われてそんな隙どこにも存在していません。むしろ目の前をうろちょろされて邪魔以外の何者でもなかったですね。それは今もですけど」

私の時間や労力を返せと思うことはあっても、贈り物をしてくれないからと、腹立たしさを感じることはなかった。

「正直なところ、もらっても処分に困ります」

どうせ身に着けることはない。

「あのよ、嬢ちゃん。別に奴を庇《かば》うわけじゃねぇけどよ、今回のように誰かが盗んだってことはねぇのか？」

「さすがに一切贈り物をしないというのは考えづらいのでは？」

ガスパールとニールの二人が考え付くように、私だってそう思ったことがある。

「だからこそ、私は許せないのですよ」

怒りを声に滲ませ、ライニール様は言った。この人は私ときっと同じ考えにたどり着いたのだ。ガスパールとニールの二人は、その言葉の意味がわからないという顔をしている。

「あのね、婚約者から宝飾を贈られたら身に着けるのが普通でしょう。すぐに身に着けなくても、お礼状くらいは書くものよね。たとえ不仲でもそれは礼儀ですもの」

「嬢ちゃんは礼儀には厳しいからな」

さっきもガスパールを叱ったばかりだものね。

「私は身に着けていない。お礼状も届かない。ガスパールならどう思う？」

「どう、と言われてもな……」

「届いていないのかなとか、気に入らなかったのかなとか、私の行動を気にするものではないかしら？」

「まぁ、そうだな」

「そうよね。どうしたのかな、変だな、おかしいな、疑問に思ったのなら普通は聞くなり、何なりするわよね。原因は何なのかって」

「……………そうだな」

「私、一度もそんなこと聞かれたことはないの。調べ始めたのは今回が初めて」

「…………」

「思わない、気にしない、気づかない、聞かない、調べない。さぁ、その心は？」

「………………」

「その心は？」

「……………………………………………………」

「そ・の・こ・こ・ろ・は？」

「……………………………………………嬢ちゃんに興味がない……？」

「はい、大正解!!」

その通り、興味がないのだ。

私からのリアクションがなくても、どう思われても気にならないから気づかない。変だとすら思わないので聞かないし調べることもしない。

「今回のことだって、元はといえば私に対してあらぬ疑いをかけた時に発覚したから動かざるを得なかっただけじゃないかしら」

「そうかもしれませんね……全く嘆かわしい」

私に関してはポンコツだからね。それさえなければできる人間なのに、本当に残念な男。

「嬢ちゃん……」

「ん？」

「それなのになんで奴は婚約解消に同意しないんだ⁇」

さぁ？　私もそこが知りたいんだけどねー。

私に興味がないのに、よくもまぁ毎年毎年飽きずに我が家に求婚を申し入れるものだ。

「私はずっと、彼は彼女のことがあったとして、貴女を想っているのだと思っていました」

どうしたらそんな誤解ができるのですか。あり得ないことは、この一〇年間が証明しているのに。口ばかりの求婚など意味はないのですよ。

「ライニール様、私の為に怒ってくれてありがとうございます。なぜアレが婚約解消に同意しないのかは知りませんが、アレの心は私にはありません」

ラウルの心にはずっと彼女が住んでいる。

「これがたとえ私への贈り物だとしても、そこに私への意味のある宝石《気持ち》など入っていないのですよ」

テーブルの上に置かれたままにケースに手を伸ばす。

「それに、私たちが今必要としているのは石の意味ではないでしょう。これが紛失した宝飾品であるかもしれないという証拠もしくは可能性です」

だから、皆してそんな顔しないでくださいよ。

「ね？」

パカッと開けたそこには、私の誕生石であるアメジストも、ラウルの瞳の色であるエメラルドもなかった。もちろん私の色であるオパールやシトリン、琥珀も。

ケースの中に鎮座していたのは、途切れた金のチェーンと大きな真珠、そして金の欠片だった。

「これはまた珍しい真珠ですね……」

「また随分と大きいな」

ライニール様とガスパールが感嘆したように言った。

「……これ、本当にバウワー伯爵令嬢が持ってきたものですか？」

「ええ、間違いなくお預かりした物です」

「そう……」

確かに感嘆の声が上がるほどには、光沢も美しい大ぶりの真珠である。だが、そこにあるのはひどく歪んだ真珠だった。

真珠には様々な形のものがあり、貴族間で使われるのは希少価値の高い真円だ。物によっては涙型や楕円《だえん》なども好まれるが、これのようにひどく歪《いびつ》な形をしたものはまずあり得ない。

「真珠を使っているという意味では紛失した物であるという可能性はあるけれど、まず貴族はこの形の物は使わないですよね」

しかも、このネックレスに使われているのは、この歪な真珠と金のチェーンだけだ。

宝石の価値は、大きさと美しさに比例するという価値観で、無駄に大きく光沢がある石を使い、ゴテゴテに装飾される宝飾を好む貴族が使うには、かなり貧相なのだ。

「これはアレが購入した物だとは思えないし、バウワー伯爵令嬢が修復を頼む意味もわからないわ」

貴族の価値観からいえば、このネックレスはゴミ同様の品だ。

「これはこれで味があるんだがな。嬢ちゃん好きだろ、こういうの」

「そうね。真珠としては歪な形ではあるけれど、見方によっては天使の片翼にも見えるし、私は素敵だと思うわ」

大きい宝石もギラギラしい装飾も、はっきり言って好きではないのだ。

王妃付き侍女という立場の私が下手に貧相な物を使うと、マイラ様の評価にも関わってくるので、宝石や金属は一級品ではあるが、私が好んで使う物は比較的デザインがシンプルな物が多い。

「真珠の形やデザインからいえばお貴族様が使うような品じゃねぇが、そう悪い物でもねぇ。千切れ方がエグいがチェーンは純金だし、光沢を見れば真珠層は厚い。庶民が簡単に手出しできる品じゃねぇよ」

一級品ではないが二級品でもないということ。あえて言えば準一級品だろうか。

「千切れ方がエグいとは？」

言い方が気になったのか、ライニール様はガスパールにその意味を尋ねた。

「チェーンの欠片を見てみろよ。輪っかが引っ張られたように歪んでるだろ。これは劣化で切れたんじゃねぇ。力任せに千切ったんだよ」

「……チェーンって力任せに切れるのね……」

「純金は柔らかいので女性の力でも十分可能です。お嬢さんは大衆舞台をご覧になったことは？　貴婦人が演出でやっているのをよく見ます」

「力任せに純金のチェーンを千切る舞台ってどんな内容よ!?」

「貴婦人たちの愛憎物語です」

何を観《み》に行っているの、ニール!?

「愛憎、ですか……」

「女は怖ぇなぁ」

ポツリとした呟きを吐いた二人が、何か遠い目をしているのは気のせいだろうか。苦い思い出でもあるのだろうかと邪推してしまう。

「それと、この宝飾の修復ですがパーツが不足していると伺っていまして、そのパーツはこちらで用意することになっております」

「そのパーツは何だ？」

「アメジストとシトリンを」

「おぉ、嬢ちゃんの色と誕生石だな」

一瞬、まさかとは思ったけれど、私はその考えを振り切るように頭を横に振る。

「その組み合わせはよく使われるものよ。特別珍しいことではないわ」

「ま、そだな。金運上昇に欠かせない組み合わせだしな」

「あながち否定はできません。可能性の一つですから」

それはそうですが……。

嫌な予感がして顔を上げると、意味ありげに笑みを浮かべているニールと目が合った。

「所望されたアメジストは紫水晶ではありません。緑水晶、グリーンアメジストでございます」

「え……？」

思わぬ宝石の名に耳を疑った。アメジストといえば紫水晶が代表的で、グリーンアメジストは滅多にお目にかかれない大変希少価値の高いものである。

「はぁ!?　そんな希少価値の高いもんウチにはねぇ……あっ!!」

何を思い出したのか、ガスパールは突然大きな声を出して立ち上がる。

「あー、あれか。嬢ちゃん、あれだ、来た。来たぜぇ!!」

「え、何が？」

要領を得ないガスパールに、何とか落ち着いてもらおうと手を伸ばすと、触れた先から熱気が伝わってきた。

「ちょ、ガスパール、貴方熱が上がっているじゃない」

「んなこと、どうでもいいだろうが。それより……」

伸ばした手を摑《つか》まれ、興奮気味にガスパールは言い放った。

「この前来たんだ。グリーンアメジストを売りに来た男がよ！」

希少価値の高いグリーンアメジストを売りに来た男がいた。それもこんなタイミングで？

「……それはまた、随分と都合がいいですね」

私の思考を先回りしたように、ライニール様が片眉を上げて呟いた。

言うだけ言って力の抜けたガスパールは、またソファに座り込んだ。

指示を出すまでもなく、ニールが水に濡れたハンカチを持ってきてくれたので、それをガスパールの額に当ててやると、気持ちよさそうに息を吐いた。

やせ我慢するから、もう。

「ほら、しっかり持って冷やして」

「……すまん」

タオルではなくハンカチなのは、水桶と共に用意してもらったタオルを私がカリエに渡してしまったせいだ。多分このハンカチはニールの私物なのだろう。

「オーナーが言ったように、つい先日、当店にグリーンアメジストを売却に来た男性がいました。ガラの悪い護衛を引き連れた、どう見てもそんな希少価値の高い宝石を持つには不相応な男です。怪しいのは一目瞭然でしたから、入手経路が不明な物は買い取りできないとお断りしましたところ、暴れ出して従業員に怪我人が出ましてね……」

カリエが言っていた人不足は、それが原因だったのかと思い当たる。

「その日は丁重にお帰りいただいたのですが、どうやらこの下町に居を構えたようでして我々としても非常に困っていまして……。どうやら彼らの背後にどこかの貴族がいるようなのです」

「つまりバウワー伯爵家がその貴族だと言うの？」

「このネックレスのパーツが、そのグリーンアメジストである可能性は非常に高いでしょう。これだけ希少価値の高い代物が、このタイミングで別物であるという方がいささか不自然ではないでしょうか？」

「そうですね……そのグリーンアメジストがネックレスのパーツと同一だと考えるのが自然ですね」

ライニール様がニールの意見に同意をする。

「バウワー伯爵令嬢の手からグリーンアメジストがその男に渡った経緯は？」

修復を頼むのならパーツが揃っていた方が確実だろう。なまじ手に入りにくい宝石なのだから。

「報酬だろ。これを盗んだ実行犯に対するな」

「このネックレスを引き渡され、感情のままに引き千切り、外れたグリーンアメジストを報酬として渡した。大変激情家と見受けられましたから、手元に置いておきたくなかったのかもしれませんね」

なるほど、とライニール様が頷く。

「渡した後でコールデン卿が調べていることを知り、慌てて修復依頼をしたとしたら、辻褄《つじつま》は合います。彼女は王弟妃殿下の熱烈な信奉者ですから」

今の今まで固有名詞を出さずに話をしていたのに、とうとう出したな。と頭の片隅で思った。共通認識であったから会話に問題はなかったものの、王宮内の問題であったから気を遣ったのに。

「けれど令嬢から見たら貧相なネックレスでしょう。むしろ馬鹿にして笑いそうではない？『この程度の物しか贈ってもらえない婚約者』って。引き千切るほどかしら？」

グリーンアメジストの価値は高いけれど、それ以外の石は特別手に入りにくい物ではない。真珠は歪な形をした準一級品で、デザインに至ってはシンプルなものだ。何より刻印がないということは、名のある店が作ったものではない。憤るほどの代物だとは到底思えなかった。

「嬢ちゃんは女心ってものがわかってねぇなぁ。ニールがさっき言ってたろ。愛憎だよ、愛憎」

ラウルの婚約者ってだけで恨まれるってことよね。何だか世知辛《がら》い。

「それにお嬢さん。先ほど婚約者は貴女に興味がない、宝石にも意味はないと決めつけていましたが、果たして本当にそうでしょうか？」

その言葉に私は眉間にしわを寄せた。

「どういう意味？」

ニールはおもむろにネックレスを手に取り、私たちに見せつけるようにして掲げた。

「今は欠けていますが、単純にグリーンアメジストとシトリンはお嬢さんと彼の瞳の色です。それだけだったら婚約者に贈る物として誰でも考えうる組み合わせでしょう」

視線を私に合わせたまま、言い聞かせるように言葉を紡ぐニールに、私も他の二人も何も口を挟まない。

「ですが、グリーンアメジストは希少価値もさることながら、対人関係について愛と癒しをもたらし、あらゆる人間関係を円満解決に導くと言われている宝石です。また愛の守護石とも」

そのまま、ニールは言葉を続けた。

「真珠の石言葉にも円満があり、お嬢さんが言った天使の羽の形にも意味があるのですよ。もしこの天使の片翼がペアで作られていたとしたら特別な意味があるものになります」

「特別な意味？」

「ええ。それは『末長い愛』です」

そう告げられた言葉に、隣にいたライニール様の息をのむ音が聞こえた。

「このデザインだってお嬢さんを見ていたら、シンプルな物を好むのはわかることです」

「関係がこじれている嬢ちゃんに贈る品としてはこれ以上のものはねぇな……」

ポツリとガスパールは誰に言うでもなく呟く。

「彼がお嬢さんへ贈った贈り物の意味。すれ違っている二人の関係を円満に解決して末長い愛を誓いたい。このネックレスはそう言っています」

「……間違いなく求婚、ですね」

一瞬だけ室内が水を打ったようにしんとなり、それに影響されて私も何も言えなかった。

「その意味を知った令嬢が怒りに任せた。それのどこに不審な点があるでしょうか」

三人の瞳が私を見つめる。何かを言おうとして言葉を探した。きっと彼らは私の言葉を待っているのだろう。何度か口を開けて、でも言葉が出てこなくて閉じることを繰り返す。

言える言葉がない。それは、私と彼らの温度差が半端なかったせいだ。

だってさ、これ何か期待されているよね。涙か何かを流す私のリアクションを求められているよね。それをひしひしと感じるのは私の気のせいでは決してないよね。

えー、もうどこに涙を流す所があったの。求婚された所?? 毎年求婚されているのを断っているのは私だから。別に待ってないから求婚。私が欲しいのは婚約解消の同意。私を見ていればシンプルなデザインが好きなことがわかるですって? 別に隠してもいないし、どちらかといえば公言しているようなものだし、見てなくても誰でも知ってます。それでお取り巻きのお嬢様方に馬鹿にされたことだってあるんだから。

それにニール、舞台に感化されすぎじゃない。だからこんなロマンスたっぷりの発想になるのよ。宝石言葉で求婚って、どこのラブロマンスよ。通じなかったら悲惨じゃない。女性なら誰でも花言葉だの石言葉だの詳しいわけじゃないのよ。実際、私より君たちの方が詳しかったしね。

もー、ガスパールもなんでちょっと涙ぐんでるの。それは熱で目が潤んでいるだけよね。間違っても感動したとか言わないわよね。どこにも感動する所なかったからね。なんで温かい眼差しを私に向けるの。ちっとも喜んでないわよ、私！

ライニール様もさぁ、私がラウルとの婚姻を望んでいないことを知っているよね。何よりラウルがそんなことをするような男に見えます？　私たちに向かって独りよがり劇場上演するようなお馬鹿さんですよ。何が末長い愛よ。私に対してはいらぬ疑いをかける男が、私にどこぞのラブロマンスじみたプロポーズをするわけないじゃないですか。すれ違いも何も、すれ違っているのは奴の脳みそでしょう。さっき蔑ろにされていると怒っていたのはライニール様ですよ！　いい話になんかにしないでくださいよ!!!

言いたい。すっごく言いたい。だけど言えない。これを言ったらいけない空気が漂いまくっているもの。

私は俯き顔を隠したまま心の中で、これでもかってくらい深い深いため息をついた。

確かにニールの言っていることだけを聞くと不審な点は見当たらないけれど、それはあくまでもニールの話の中でだけだ。

私にとっては納得ができないし、不審な点ばかりである。なんでライニール様がそれに流されているのか本気でわからない。

まず一〇年間贈り物をもらったことがないのに、急に贈ること自体が不自然極まりない。何か理由があるのだとは思う。けれどそれは決して求婚ではないだろう。

それにラウルが宝石の意味をそんな詳しく知っているだろうか。ライニール様が宝石言葉に詳しいことは不思議だけど、ガスパールやニールが仕事柄知識があるのは納得できる。けれど見た目王子様然としているが、中身が朴念仁であるラウルが宝石言葉など覚えるだろうか。花言葉さえ覚束《おぼつか》ないことを幼馴染である私はよく知っている。

彼らが言っていることの辻褄が合うのだって、何かがおかしい。強引に辻褄合わせをしているような印象が拭えないのだ。どこかこう、物語じみていて現実感が伴わない。どこか思い違いしているように思えて仕方がなかった。

最初は一体何が始まりだっただろうか。

ラウルが私に対してネックレスを贈ったけれど、届いていないと言ったことからだったはずだ。

私はそこで何を考えた? どういう報告をした?

そう。王宮内の不祥事にも関わる可能性があるから調査の進言をしたのだ。結果、王宮内で他の贈答品の紛失はなしと。

「……ふむ」

王宮内での紛失はなかったということは、王宮に届く前に行方がわからなくなったってことよね。

「ライニール様、調べたのは贈答品の紛失もしくは盗難でしょうか?」

私は顔を上げて、ライニール様に聞いた。

「ええ、そうですが？」

何かが引っかかる。けれど一瞬のうちに霞《かすみ》のように消えてしまい、それが何かわからなくなった。

そういえば、バウワー伯爵令嬢の持ち込んだ宝飾品は他に有名店の刻印のあるものが複数あったと言わなかっただろうか。

ん？

「ねぇ、ニール。バウワー伯爵令嬢が修復に持ってきた宝飾品で、このネックレス以外の物もパーツが欠けていたりした？」

「え……はい。全てではありませんが、拝見した限りでは欠けているだろう物はありましたが……」

「……そう……」

年代物でもないのに、有名店の宝飾品がそんなに壊れるものだろうか。

ニールが言ったように、このネックレスが私の物だったとしても、その他の宝飾品の持ち主は？　バウワー伯爵令嬢の私物なら、刻印の宝飾店に修復依頼をしているだろうから彼女の物ではないのは明白だし。

んん⁇

「おい、嬢ちゃん？」

「ごめん。ちょっと黙って、邪魔しないで」

「おいー……」

期待していたリアクションを返さない私に、三人は訝《いぶか》しげな視線を向けてきたが、今私はそれどころではない。

邪険にして悪いとは思うけれど、何か今、引っかかったものが見えそうな気が……。

「あっ……」

ふと、思いついた。

「ねぇ、もしかしたら盗品ではないかしら？」

「何当たり前のこと言ってんだ。元々これは嬢ちゃんに贈られるはずのもんだろ？」

呆れた声でガスパールが言うが、私の言いたいことはそれじゃない。

「バウワー伯爵令嬢が持ち込んだ宝飾品はこのネックレス以外にもあるのよ。全ての宝飾品が私への贈り物なわけがないじゃない。ラウルは私にネックレスだとはっきり言っていたのよ。複数の物を贈るのだったらネックレスだとは言わないでしょう？」

それに誕生日だからといって、たくさんの贈り物をされる理由はないし、そんなことをする人でもない。

「さっきも言ったが、一〇年間嬢ちゃんへの贈り物を盗んでいたってことはねぇのか？」

それこそあり得ない。

「一〇年もの間、ずっとバウワー伯爵令嬢が盗み続けていたとでも言うの。彼女はデビューしたばかりなのよ。王宮内に出入りするようになったのは、ここ数か月のことよ。

どうやって私への贈り物を盗めるというの」

一〇〇歩譲って、私と同じ年齢だったら考えられないことではないかもしれないが、その場合、初犯時は六歳前後だ。しかも最初の一年は王宮ですらない。たとえ一〇〇万歩譲っても難しい。

「それにニールが言っていたでしょう。比較的新しいデザインだったって。ということは少なくともここ二、三年の物でしょう」

どう？　と尋ねると、ニールは首を縦に振った。

「その全ての宝飾品がネックレスと同じように修復が必要なのよ。年数を経た上での劣化でもなく壊れる理由って何よ。しかもパーツが紛失しているってどういうこと？」

この宝飾品の全てが盗品だと考えるなら、答えはたった一つ。

「バラして売ったのか！」

ガスパールがハッとした顔をして声を張り上げた。

「そう。グリーンアメジストと同じようにね。宝飾品をそのまま売ったら足が付くわ。でもパーツを外して売ったなら少なくともそのまま換金するよりは足が付きにくいはずよ」

ニールの推察したことが間違っているとは言わない。それは可能性の一つではあるとは思う。

「そもそもラウルが調べていることだって、別の件かもしれません」

でも、もしこの前提が違うとしたら話は大分変わってくる。

「贈答品ではなく、宝飾品の紛失盗難だったらどうです？」

「調査対象が変わりますね」

ライニール様は興味深そうにしながら眼鏡のブリッジを人差し指で上げた。

「ラウルが調べていると気づいたのは、第四部隊が動いているからですよね」

「ええ。第四部隊の様子に不審感を抱き、知り得たことです」

「ということは、第四部隊隊長として調査の報告はされていない」

近衛騎士団としては「なし」と判断したのなら、ラウル個人が調べていても報告義務はない。だかしかし、第四部隊が動いているのなら別だ。

「王宮内では贈答品の紛失はなかったというのなら、私への贈り物が紛失した件は外部での出来事です。相応の機関に要請するならまだしも近衛騎士の出る幕ではありません」

――もし近衛騎士団として動いているのなら。

「内密に第四部隊が動かざるを得ない理由があったということになりませんか？」

それは王弟宮で何かあった。そう受け取れないだろうか。

「例えば、王弟妃の宝物室から宝飾品がなくなっていた……とか？」

近衛の仕事は要人の警護だけではなく、担当宮内の警備も含まれる。もちろん第四部隊が担当するのは王弟妃宮だ。もし本当に王弟妃宮で宝飾品の盗難があったのなら、その責任は当然第四部隊が負うことになるわけで、内密で彼らが動いていたとしても納得のいく話である。

「おそらく彼らは責任を少しでも軽くする為、問題が大きくならないうちに自分たちの力で解決させるつもりでしょうね。だから王宮内で起こった不祥事だというにもかかわらず報告をしないのよ」

それだけではなく、私の行動一つ一つがマイラ様の評価に関わってくるように、近衛騎士団第四部隊の行動も王弟妃の評価に関わってくる。だからラウルは王弟妃を守る為に表沙汰にしないことにしたのだろうと予想。

「今の時点で自分たちが盗まれた宝飾品を取り戻すことができたら、内々で処理してなかったことにできますからね」

私たちがここに来なかったら、バウワー伯爵令嬢が騒がずに修復依頼を諦めていたら、もしかしたらそれも可能だったかもしれない。

「運が悪かったという他ありませんよね」

気がついちゃったんだもの、ざまぁみろ。

「といっても、これもあくまでも仮定のお話ですが……」

確定じゃないことが至極残念。私の予想が当たっていたら思いっきり笑ってやるのに。

まぁ、王宮内の不祥事ですから、少しは私に迷惑がかかるかもしれませんけど、今まで散々謂れのない悪評をたてられたのだから、これくらい仕返ししてもいいじゃないのよね。

もちろんマイラ様の迷惑にならない配慮はしながらになりますが。

「その場合、修復に持ち込んだバウワー伯爵令嬢が犯人ということになりますが……」

「それも考えたのだけど、彼女の行動はやっぱり稚拙すぎます」

自分の足で宝飾品を持ち込んで、修復依頼証明書には本名をサインして。さすがにいくらお子様だとしても、彼女が犯人だとしたらもうちょっと考えるだろう。私への嫌がらせも歴《れっき》とした犯罪行為だが、比べるまでもなく罪が重いのは王族の私物を盗む方なのだから。

「盗まれたのは宝飾品ではなく、パーツの宝石だけだと考えたら一応の辻褄は合います。例えば、この問題が表沙汰になる前に盗まれた宝飾品を修復して、何事もなかったように戻しておく、とかですね」

そうすれば、表沙汰になることもないし、王弟妃の評価に傷が付かずにすむ。あとは慌てることなく内密で犯人を見つけこっそり処理をするだけだ。たとえそれが不正な行為だったとしてもそれがまかり通るのが、王宮が魔窟と暗喩される要因だ。

「彼女は第四部隊の協力者であって、犯人は別にいるのではないでしょうか」

それも私の予想であって、証拠も何もないけれど。

「でも、いずれにしても報告は必要ですから、この後王宮に戻りましょう、ライニール様」

ラウルの為に黙っておくという選択肢はございません。王宮内での足の引っ張り合いは日常茶飯事ですから、やられっ放しというのは性に合いませんので。

「そうですね。ですが、せっかくの休みに貴女が戻る必要はありません。今の時点ではどちらも推測の域を出ていませんので、報告は私一人で十分です」

えー、そうですか。どうせなら心の中でアレに『ざまぁみろ』と三唱しながら私の予想を報告したかったのだけど。

「貴女は予定通り明日の午後に戻れば結構ですので、ゆっくり休みなさい」

いいですね、とまるで念押しするようにライニール様に言われたら引き下がるしかない。

「ではお言葉に甘えて。ありがとうございます、ライニール様」

ま、ライニール様に任せておきましょう。

「お二方もご協力感謝します」

「いいってことよ。嬢ちゃんと俺の仲だからなぁ」

「不謹慎ではありますが、少々楽しんでしまいましたのでお気遣いなく」

やっぱり楽しんでいたか、ニールめ。ネックレスの解釈を説明していた時、やたら目が合うなと思っていたけれど、真面目な顔して実は内心ニヤニヤしていたのだろう。でもライニール様の前で、被っている猫一匹剝がすのちょっと早くない？　あと何匹いるの？

「こっちでも男共については引き続き調べるからよ。何かわかったら連絡するわな」

「できればグリーンアメジストも手に入れてもらえると助かりますね。証拠になりそうな物は確保しておきたいので」

私の予想が事実に近かった場合、確固とした証拠品になるわけだから確保は必須である。

「承知いたしました。何とかしてみましょう」

「助かります」

とんとんと話が進んでいく中、私はしゃべりすぎたせいか喉が渇いてしまったので、用意されてから時間の経ったお茶で喉を潤していた。程よく冷めているので渇いた喉には丁度いい。

「では、そろそろお暇《いとま》しましょうか」

一通り話が付いたのか、ライニール様が私に向かって言った。

「そうですね。ガスパールも休まないといけませんし、少々長居をしてしまいましたね」

最初の予定とは全く違う展開になったけれど、ライニール様は満足そうな顔をしているし、ガスパールたちとの顔繋ぎもできたので良しとしよう。

「体調が優れない時に付き合わせてしまい申し訳なかったですね」

ライニール様もいたわりの言葉をかける。

「いいってことよ。嬢ちゃんにも言われたが、体調管理ができてなかった俺が悪ぃんだ」

「そうでございます。エイブラムス様がお気になさる必要は全くございません。これはオーナーの自業自得でございますので」

にっこ～りと優しい笑顔でさりげなく毒を含んだニールの台詞に、ライニール様は軽く首を傾げた。

「あぁ、そういえばこの季節にわざわざ一晩中雨に打たれていたんですってね。なんでそんなことしたの？」

ニールはすぐにわかると言って答えてくれなかったけれど、尋ねるタイミングがなかっただけで気にはなっていたのだ。

「そんなことをして体調崩すのは当たり前じゃない。ミランダさんがガスパールの様子がおかしいって心配していたけれど、体調だけが原因ではなくて何かあったのではないの?」

忘れてしまうところだったが、これもガスパールを訪ねた理由の一つであるだから聞かないわけにはいかない。

そう思って顔を向けると、一瞬のうちに死んだ表情になったガスパールがいた。

「……」

「ガ、ガスパール?」

え、やだ。ちょっとどうしたの。なんでいきなり表情なくしてるの。さっきまでの笑顔どこいったの。私、そんなにまずいこと聞いた?

「ガスパール殿……?」

あまりにも不気味な顔しているものだから、ライニール様も心配しているじゃないの。

「………」

「……………ふぅ」

何も言わなくなったガスパールに、ニールがこれ見よがしにため息を吐いた。

「エイブラムス様、お嬢さん。大変申し訳ないのですが、これ以上はどうか聞かないでやってくださいませんか」

頭を下げながら本当に申し訳なさそうにニールが謝るものだから、頷く以外できなかった。ライニール様も同じように頷いている。

「え、ええ、わかったわ。そっとしておいた方がいいのね？」

普段、ガスパールを蔑ろにしがちなニールが頭を下げてまで、これ以上聞くのはやめてほしいと願うのだから、ただ事ではないのは間違いなさそうだけど、これ以上の口出しはできそうもない。

でも心配してもらってよかったね。少しは敬われているじゃないの、ガスパール。

「そうしてくださると助かります。これ以上使いものにならなくなると困るのですよ。ただでさえ人不足だというのに……ふぅ」

そっち!? ガスパールを心配しているかと思いきや、そっちの心配なんだ!? 猫が剥がれすぎよ、ニール！ 被って被って!!!

そんなこんなで、ぐだぐだ感半端ない空気の中、私とライニール様はアネモネ宝飾店を後にした。にこやかに笑顔で見送ってくれたニールとは反対に、具合の悪さも相まって無表情のガスパールがひどく不気味だったのは言うまでもない。

私とライニール様は貴族街にある実家の屋敷に向かっていた。私としては、この件を報告してもらうため現地解散でも良かったのだが、ライニール様の断固とした反対により、実家まで送ってもらうことになったのだ。

乗合馬車を使えば大丈夫なのにと思ったものの、どうやらライニール様の中では、私を送り届けるまでがご自分の役割と思っているようだった。

「本当に何があったのでしょうね、ガスパール殿は」

「思考はしっかりしていましたので、体調のせいではないと思うのですが……、触れてはいけない何かがあったのでしょうね。少し心配ですので、また近いうちに様子を見に会いに行こうかと思っています」

「そうですね。もし良かったら私もご一緒してもよろしいですか？」

「えぇ、もちろん」

笑顔の一瞬後に、すん、と屍のような表情になれば、ライニール様だって気になりますよね。ガスパールもライニール様のことを気に入っているようだったから、問題はないとは思うけれど、一応手紙は出しておこう。

「しかしあれですね。あのような様子のガスパール殿には大変申し訳ないのですが、非常に面白い方々ですね。とても興味深い」

確かにライニール様の周りにはいない人種なことには違いない。

「マーシャ殿も彼らも、お互いに信頼し合っているのがよくわかりました」

「そうですか？」

「ええ、そうです。そんな彼らを私に紹介してくれたことは純粋に嬉しいですね」

できれば通常モードの時に紹介したかったのが本音ではありますが、満足いただけて良かったです。

「それに、あの二人のおかげで、貴女も大分緊張が解けたようですしね」

「へ……？」

緊張とな？

「おや、ご自分では気づきませんでしたか？」

「へ、え……？」

いや、否定はしないですよ。確かに緊張はしていましたけど、それはライニール様がいつもと違う雰囲気で私に接してくるのがいけないのですよね。

「そんな目で責めないでください。私が貴女との距離感を見誤ったのがいけなかったことぐらいはわかっていますよ」

「そういうわけでは……」

別に責めているわけではないですよ。ただ、エスコートしてくれていただけですよね。私が勝手にいつもと違うライニール様に戸惑っていただけで……。

しかも、そんな目って。私今どんな目で見ました？

「貴女は口で物を言うことも多いですが、それより雄弁なのはその瞳ですね」

「えっ!?」

そんなこと初めて言われましたけど!!

「それも信用している人の前でだけ、ではありますが」

「……え……といいますと……？」

「両陛下や団長、マリィ・フラン嬢。そしてあのお二人の前でもでしたね」

それ以外では立派な眼鏡をかけていますよ、とライニール様は苦笑する。

「私に対しても、その瞳を向けてくれるようになったのは、第二部隊隊長に昇進して少し経ってからでしたし」

と、眉を少しだけ下げるライニール様。

「それまではずっと仲間外れでしたので、随分寂しい思いをしたものです」

それだけで本当に寂しそうに見えるから堪ったものではない。仲間外れって、寂しいって、そんなキャラではないですよね!?

「ですが、寂しい思いをした分、こうして貴女の瞳の表情がコロコロと変わっているのを間近で見られると嬉しさも倍増なのですけどね」

パチンと小気味よくウインクを飛ばしてきたライニール様に、ぐぅ、と喉奥が鳴りそうになるのを必死に堪えた。ただでさえ自覚していなかったことを指摘されて恥ずかしいのに、ライニール様の甘い笑みと甘い言葉で加わるこの羞恥に、どう対応したら良いものか。

私が何も言えず、多分真っ赤になっているだろう顔を見て、ライニール様はクッと笑いを噛み殺したのが、私の耳にはしっかり聞こえていた。

「……からかいましたね」

私の声色が低くなるのは当然のことだろう。

「まさか」

「嘘です。面白がってますよね」

その証拠にライニール様の口元は未だに緩んでいる。

「心外です。嘘は言っていません」

「絶対嘘ですよ！　私をからかいましたね!!」

そう言い返すと、今度は隠すことなくライニール様は笑い声を立てた。

「あ、ほら。笑うってことはやっぱり」

もし私が真に受けて、ライニール様に好意を抱くようになったらどうする気だったのだ。

私がライニール様に持っているのは恋情ではなく尊敬だ。いくら何でもマイラ様からエスコートを頼まれているからってやりすぎですよ！

もう！　もう!!　もう!!!　人をからかって笑うなんて、ダグラス様じゃあるまいし、今日のライニール様は本当にどうかしている。私を牛にして何が楽しいんだ、もう！

「本当にからかってはいません。ただ少々デートらしさを失ってしまったので軌道修正をしただけで」

何の軌道修正ですか。しかもその設定まだ続けていたんですね。私はすっかり忘れていましたけど。この期に及んで付き合いが良すぎではないですか。そんなにデートすらしたことのない行き遅れをからかって楽しいものですかね。

「笑ったことは謝ります」

その言いようでは謝罪になっていません。笑みが顔から消えていないし、上っ面で謝罪した気になられても腹が立つだけです。

「ですが、私たちは今デート中なのですよ。しっかり気を抜かず意識してくれなければ困ります。そうでなければ私がご一緒している意味がないでしょう？」

「それは、私にライニール様を意識しろということですか」

「そうしたいのであれば構いませんが……」

はい、嘘。これも絶対に嘘。

一緒に仕事をしていく仲間に、そんなやっかいな感情は持ったりしませんよ。面倒なことになるのも、これ以上疲れるような真似もしたくない。

「またそんな目で見て……。どう言えば貴女に伝わりますかね」

「十分理解しておりますが？」

「いいえ、全くこれっぽっちも理解できていません」

と、ライニール様に盛大に呆れられる私。

なぜかそれから、ライニール様の説教タイムが開始された。


解せない！！！！

第四章 爆弾発言と目からウロコ

「つ、疲れたぁ〜〜〜！」

ドサッと自室のベッドに倒れ込むようにして体を投げ出した。

ドレスがしわになるなんて気にしていられません。まだお昼を回ったくらいだというのに、何だこの一日重労働をしたかのような疲労感、半端ない。

ライニール様からの説教を受けながらの帰り道は、ひどく長い道のりでございましたとも、冗談抜きで。

『いいですか、マーシャ殿。しっかりお聞きなさい』

その前置きから始まるお説教は、反論も言い訳も言い逃れもできないことを、今までの経験上私は知っている。

ライニール様曰く、陛下のお言葉をどう考えているか。マイラ様の今回のご命令の真意を理解しているか。婚約が無効になった場合のことを想定しているのか。

その三点に重点が置かれていた。

陛下のお言葉というのは、私を悩ます婚姻のこと。その前にラウルとの婚約を何とかしなければ先に進めないなぁ、と何となく後回しにしていたのだが、それをライニール様にはしっかりと見抜かれ、先延ばしはよくありません、とがっつり叱られた。

そしてマイラ様の真意。これは恥ずかしながらライニール様に指摘されて初めて知った。それは婚約が無効になった時の私のことを考えてくださっていた故でのご命令だったのだ。陛下が私に乳母を望んでいる以上、私の婚約者、または伴侶に座ろうとする有象無象が寄ってくることは想像するまでもない。

私とて、そのくらいのことは予想できてはいた。近づいてくる有象無象の目的が、私の婚約者、伴侶ではなく、あくまでも将来乳母になる私の肩書と、そして次期王位継承者の乳兄弟になるだろう子供であろうことも。だがマイラ様が危惧されていたのは、そんなことではなかった。その時のライニール様の台詞はこれだ。

『貴女はご自分が男性に、そして女性扱いにも慣れていないことを自覚なさい。私相手にあの様子だと、百戦錬磨の男性相手だと一瞬で引きずり込まれて気がつけば身動きできなくなっているでしょうね。その時になって後悔して逃げようとしても抜け出せない、底なし沼のように……きっと、足には同じような女性の手が絡みついて……ね』

例えが怖い！　だけど、とてもわかりやすく理解できましたとも。つまりは変な男に捕まらないように、男性に慣れろ、女性扱いに慣れろ、口説かれ慣れろ、ということですね。

そんな変な男に引っかかるほど、愚かではありません、と反論したところ、やはり一蹴され、脳内お花畑と婚約を解消してから物を言え、と婉曲《えんきょく》的に言い返されてしまった。

何も言えず『そっか、あれも碌《ろく》でもない男だもんね』と変な納得の仕方をしてしまった。

そしてライニール様のからかいはこれが理由だったのだと察した。甘い言葉も笑みも訓練的なものだと推察する。そう考えればライニール様らしからぬ行動だったし、納得はいくのだけれど、できれば先に言ってほしかった。無駄に精神力使うのは御免被《こうむ》りたい。

その他にもお説教は実家まで延々と続き、先ほどやっとお開きとなったのだ。

「はぁぁぁぁ、このまま寝てしまいたい……」

そういうわけにもいかないのはわかっているが、どうにも動きたくない。お腹は空いているし、ドレスも着替えたいし、父と兄にも会いたい。今寝てしまうと夜に眠れなくなるのだから、どうにか起きていたいのに瞼が段々と落ちてくる。

もう、諦めてこのまま夢の中に旅立ってしまおうか、そう思って睡魔に身を任せようとした時、ドアをノックする音が聞こえた。

「……ふぁい」

夢の中に片足を踏み入れたまま、何とか返事を返す。

「あー、やっぱり」

ドアを開けて部屋に入ってきた聞き慣れた声に、私はうっすらと瞼を開けた。

「……メアリ」

「はい。貴女のメイド、メアリですよ。ほら、頑張って起きてください。せっかくお帰りになったのに、寝ちゃうなんて勿体ないですよ」

カチャカチャと食器が擦れる音が聞こえ、かすかに香ってくる紅茶のいい香りに鼻が刺激された。

「お腹は空いてませんか。メアリ特製、スモークサーモンとクリームチーズのサンドです。し・か・も、我らがグレイシス領特産上級蜂蜜を添えて。そのまま食べるもよし、蜂蜜をかけて甘じょっぱく食べるもよし、またまた紅茶にお好みで垂らすもよし、お嬢様の好物ですよー。起きないとメアリのお腹の中に入っちゃいますけどよろしいですかー？」

　何だとー？

「うぅぅ……起きる!!」

　あんなに眠くて仕方がなかったのに、食欲が眠気に勝利した瞬間である。

「そんなお嬢様が大好き。はい、ベッドから出て座ってくださいな。紅茶が冷めちゃいます」

「はいはい、今行きますよ」

　重い体を起こしベッドから這《は》い出る。その瞬間、頭から髪飾りが滑り落ちた。

「あら、お嬢様、こんな髪飾り持ってました？」

　それを拾い上げたメアリが、そう言った。

「あー……、うん。頂いたの」

「へー、とっても素敵じゃないですか。どなたから頂いたんです？」

「……うん、ライニール様からなんだけど……」

　それを渡されたのは、屋敷前でライニール様との別れ際だ。

『貴女はご自分が思っているよりずっと魅力的な女性ですよ。もっと自信を持ちなさい』

数分前までお説教をしていたとは思えないほど柔らかい表情をしたライニール様が、ハンカチに包まれた髪飾りを差し出して言ったのだ。そして先ほどまでのお説教の内容を思い出して身構える私に、慣れた仕草で差し込むタイプの髪飾りをライニール様ご自身の手で髪に飾ってくれたのだ。

『これは記念です。今日は貴女と私の初デートですからね。明日から髪飾りが貴女を彩ってくれる姿を楽しみにしています』

それはつまり身に着けて出仕しろ、ということですね。

言いたいことだけ言って颯爽《さっそう》と行ってしまったライニール様を、私は身構えたまま見送ったのだけど。

「記念、というより、戒めにしか思えない」

お説教してからの記念という名の贈り物。正に飴《あめ》と鞭《むち》。どう考えても、説教の内容を忘れない為の戒めにしなさい、という意味にしか聞こえない。

「ん？　どういう意味です⁇」

「ううん。何でもない」

私は椅子に腰を掛けて、メアリの淹れてくれた紅茶を口に含んだ。

「それよりメアリ、ちょっと見ないうちに太ったんじゃない」

久しぶりに会うメアリは、おデブとまでは言わないものの、確実にふっくらとしていた。

「それに、このサンドの量。私だけじゃなくてメアリも食べる気満々ね」

お皿に盛られたサンドの量は一人では食べきれる量ではない。二人分だとしても多すぎやしないだろうか。しかもカロリーお化け蜂蜜様がいらっしゃるのだ。

「大丈夫ですよ。この蜂蜜は旦那様から食べるように言い付かっておりますので、これもお仕事のうちです」

「馬鹿おっしゃい。なんで蜂蜜を食べるのが仕事のうちよ」

そんなお仕事で給料が発生して堪るものか。

「本当です。これを食べてしっかり栄養を取りなさい、っておっしゃいました。旦那様に聞いてみてもらってもいいですよ」

これだけ堂々とメアリが言うからには、嘘ではないのだろうけれど、なぜ父がメアリに蜂蜜を食べろと命令する必要があるのだ。しかも普通の蜂蜜ではなく、いくら自領のものとはいえお値段がそれなりにする上級蜂蜜を？

「栄養も何も、もう十分じゃないの？」

それ以上ふくよかになってどうするの。顔もふっくらしているけれど、お腹周りがちょっと危なくない？　エプロンの紐《ひも》のリボンが、かなりギリギリに見えるのは気のせいですかね。若かりし頃、私に対してスタイル維持の為のスパルタぶりはどこにいった。

「あぁ、私の栄養じゃないですよ、お嬢様」

「そのお腹で？」

どう見てもメアリの脂肪、もとい栄養になっているように見受けられますが？

「はい、そうです」

メアリはそのまるまると脂肪の詰まったお腹に手を当てて、ゆっくりと撫でながら満面の笑みを浮かべた。

「この蜂蜜は、ここにいる赤ちゃんの栄養ですよ！」

「…………………………………………………………………………は？」

何て？　何がお腹にいるって⁇

それを理解した瞬間、とんでもない声がお腹の底から飛び出てきた。

「っ…………はぁぁぁぁぁぁ⁉」

「父親は誰よ‼」

メアリ、未婚でしょ。誰が私のメアリを孕《はら》ませたのよ。責任は取ってくれるんでしょうね‼

「旦那様です」

「お父様ぁぁぁぁ‼」

そんなまさかの、我が父。

蜂蜜で栄養を取るように命令したのは、これが理由か。それはそうだ。長年勤めてくれているからとはいえ、メアリの立場はメイド。そのメイドが妊娠したからといって当主である父が高級蜂蜜を与えること自体が父親だって言っているようなものではないか。

「いつから？　いつからお父様とそんな関係だったの？」

そんな気配微塵《みじん》もなかったではないの。それとも私の知らない所で元々そういう関係だったの？

「いつからと言いますか……この時から？」

そう言って自分のお腹を指すメアリ。

「別にお嬢様に隠しながら、旦那様と関係していたとかではありません」

「……え、じゃあ、なんで……。まさ……か」

思い当たったことに、さぁっと血の気が引く音がした。

よもや自分の父親が、物語に出てくる悪徳当主のようにメイドをベッドに引きずり込むような真似をするなんて……っ！

「お嬢様、急にどこに行くんです。その手に持った髪飾り凶器になりそうなんで置いていきましょうか」

「ちょっとお父様とお話ししてくるわ……」

「お嬢様が今考えていることは全くの事実無根ですので行くだけ無駄ですよ。そしてその間にサンドもお紅茶もお腹の赤ちゃんの栄養になりますが、それでもよろしければ、どうぞ行ってらっしゃいませ」

メアリは自分が作ったサンドを頬張りながら言った。

「……ちゃんと気持ちが伴った上での結果なのね」

「間違いなく愛の結晶です。といっても私も気づいたのはこの時なんですけどね。今まで少しもそんな風に思ったことはなかったのに、気がつかない心の中にあったみたいで」

不思議ですね、と他人事のようにカラカラとメアリが笑うものだから、ホッと力が抜けた。無理やりではないならいいのだ。父もメアリもいい大人なのだし、子供の私が口出しをすることではない。

はぁ、と私は深い息を吐き、抜き取った髪飾りを再び差し込んだ。

まさか、ずっと私に仕えていたメアリが、まさか自分の父と結ばれるなんて思いもしなかった。

「……お父様は、やっとお母さまを忘れることができたのね」

母が亡くなって一四年。その間も亡くなった母を愛し続け、再婚もせず、女の影ひとつ見えなかった父が、五〇歳を前にして恋をしたのだ。しかも新しい命まで授かって。

父とメアリの間に子供が生まれるのは喜ばしい。けれど、少し寂しい気もする。

「何を言ってるんですか。旦那様は奥様をお忘れにはなっていませんよ。ずっと旦那様の心の中に奥様は生きてらっしゃいます」

私の発言がメアリの気分を害したのだろう。メアリが不愉快そうに言った。

「……メアリはそれでいいの？」

父の心の中に、私の母とはいえ別の女性がいては不満に思うものでしょう。

「良いも悪いも、奥様を愛している旦那様を愛していますので問題ございません。むしろ奥様を忘れるような旦那様は旦那様ではありませんから！」

「あら……そう……」

普通ならば自分を一番に愛してほしいと願うものではないのだろうか。けれどメアリは構わないと言い切った。そのメアリの心情を私は理解することができないけれど、メアリが本気で父を想っていることは伝わってくる。

「そっかぁ、そっかぁ。私のメアリは、お父様のメアリになってしまったのね」

ガスパールの不調の原因もこれでやっとわかった。ニールがすぐにわかると言っていたが、家に帰れば判明することなのだから当然だ。これは一晩中雨に打たれたくなる気持ちも理解できる。ずっとずっと一途に熱心にメアリのことを想い続けていたのに、とんだ伏兵にかっさらわれるなんて、哀れガスパール。今度会いに行く時は、思いっきり優しくしてあげよう。あ、このサンド絶品。蜂蜜も垂らそうっと。

「あら、私はお嬢様のメアリを辞める気はございませんよ。残念なことに今までお嬢様専用の泣き場所だったお腹は埋まっていますが、この年になって更に豊かに成長した胸は空いています」

ほらどーんと来い、と両手を広げて構えるメアリに、ふはっと笑いが込み上げる。

「その成長したお胸も赤ちゃんのものでしょう。私、赤ちゃんに嫌われたくはないわ」

「あら、それでしたらお膝にしますか？」

「それもお父様に怒られそうよ」

『妻の膝枕は夫の特権、それを侵す者は何人であろうと絶対に許さん』と、どこぞの色ボケ陛下が言っていたもの。

「あらあら、じゃあ仕方がないですね。お嬢様、新しい泣き場所を探してきてくださいな」

探すって。もう何を言っているのやら、私のメイドは。

「あのね、メアリ。私はもう二五歳の立派な大人なんですけど？」

「でもお嬢様専用メアリは満員みたいなので、探さないと困るのはお嬢様ですよ」

子供でもあるまいし、別に必要もないし困らない。

「包容力があって、優しくて、力強くて、お嬢様が飛び込んでもびくともしない人がいいですね！」

「だーかーら、必要ないって…………んん？」

メアリのその言い方だと、男性に限定されているように聞こえるのは気のせいだろうか。

「メアリ的には、お嬢様をまるごと包み込んでくれるような、体も心も懐も大っっっきな人希望です」

いや、絶対気のせいではない。その意味深な言い方。

「……何か聞いたでしょう」

「うふふふ。メアリこれでもモテモテですので、文通相手はたくさんいるのですよ」

やっぱり。陛下から婚姻を勧められている件を、誰かがメアリにリークしたのだ。

「……お父様に言うわよ」

「旦那様公認です」

公認ということは父もそのことを知っていると。

「何よ、それ。メアリの代わりに夫を探せって言うの？」

馬鹿らしい。メアリの代わりがぽっと出の男にできるわけないでしょう。どれだけ私がメアリに頼っていると思ってるの。

「探すぐらいはいいじゃないですか。さっさとアレを捨てて周りの男に目を向けても罰は当たりませんよ」

「罰は当たらないかもしれないけど、見つかるとも限らないでしょう」

そんな簡単なことではないのだ。

「探さなかったら一生見つかりませんよ」

「それはそうだけど、私はもう行き遅れも行き遅れなのよ。そんな私を相手にしてくれるのは訳アリか下心満載の有象無象じゃないの」

だからマイラ様にもライニール様にも心配されてしまう羽目になっているのだ。碌でもない男しか私には寄ってこないから。

「下心満載の有象無象は問題外として、訳アリ男性の何がいけないんですか？」

きょとん、とした顔したメアリが言った。

「年が一回り以上離れていても、再婚でも、子持ちでも、容姿が悪くても、クズでなければ問題ないんじゃないですか？」

「え？」

「誰もお嬢様に、独身男性で家柄も容姿も性格も完璧な男性見つけろ、なんて言ってないですよね」

「……そう、ね」

「求められているのは、お嬢様を支えられる人ですよ。家柄はどうしても最低限必要ですが、そんなことは後からどうにでもなります。お嬢様の後ろには絶対権力者が付いているんですよ。その権力者が欲しいのはお嬢様本人であってその夫ではありませんし、盤石じゃないですか」

もう、お嬢様ったら高望みしすぎですよ。とメアリは笑った。

「高望みとか、そういうことじゃなくて……」

「では何です。もしかして自分には愛される自信がないとか言っちゃったりしますか」

ぐっと言葉に詰まる。

「それともアレのことを気にしてます？　やめてくださいよ。無駄無駄、気にするだけ無駄です。アレはただの馬鹿で頭空っぽのどクズですよ。アレを数に入れるなんて、お嬢様アホの子ですか。即刻消去するべきですよ、あんなん」

そうメアリは吐き捨てた。相変わらずラウルに対しての当たりはかなり強い。

「『どうせ私なんか……』なんて、どこのヒロイズム？　何ていう舞台の悲劇のヒロインですかー。あの王弟妃《恥知らず》じゃあるまいし、悲劇のヒロインですって厚顔無恥にも程がありますよ」

そこまで言わなくても……、とうなだれる私をよそにメアリはまだまだ止まらない。

「たかが一回失敗したくらいでズルズル引きずりすぎです。重くないですか、それ。女々しいったらありゃしない。見ていていらいらします。持たなくてもいい荷物をいつまでも持っているから、先に進めずに周りからとやかく言われるんですよ」

「……ちょっと言いすぎじゃない？」

よく回るお口が絶好調ですね、メアリさん。でも、もう少し抑えてちょうだい。さすがの私も腹が立ってくる。

「誰も言わないからメアリが言っているんですよ。誰も彼もお嬢様を甘やかすから、自力で立てない子になっちゃったじゃないですか」

「立てない子って、子供扱いはしないで」

「ならなんで、今までいくらでもチャンスがあったのにズルズルと今の状況を続けているんです。お嬢様が結婚したくない、夫なんていらない、子供も欲しくないって言うのならメアリは何も言いませんが、違いますよね。お嬢様はただ逃げているだけですもんね」

ひどい。さすがにひどい。ひどすぎやしませんかね！

「もしかして、アレが心を入れ替えて自分の元に戻ってくるのを待っている健気系ヒロインを気取っているんですか？」

むっかぁぁあ!!

「まさか、白馬の王子様を待ってたりします？　プフーッ、ちょっと笑わせないでくださいよ。夢を見てもいいのは成人前の少女だけですー！　お嬢様はとっくの昔に期限切れですぅ！」

ブチッ、と私の中の何かが切れた音がした。

「ちょっとぉ、さっきから口が過ぎるわよメアリ!!　黙って聞いていれば言いたい放題。私を馬鹿にしているの!?」

バンっとテーブルを叩きつけ、私は立ち上がって声を荒らげた。メアリといえど、さすがに堪忍袋の緒にも限界がある。

「馬鹿にはしていませんよ。臆病者だと言っているんです」

はっはーん、と小憎らしく鼻で笑うメアリ。

「私がいつ逃げたっていうのよ！」

「自覚がないって幸せですね。ただいま現在進行形ですよ」

「逃　げ　て　ま　せ　ん!!」

「へぇ？　じゃあ傷つくのが怖いから結婚に二の足踏んでるわけじゃないんですか？」

「そんなんじゃないわよ」

「ふぅん？　じゃあアレに未練があるから婚約破棄を渋っているわけでもないんですよね？」

「未練も何もこれっぽっちも残ってない！　気持ちが悪いこと言わないで！」

「ほぉ？　じゃあ婚約破棄するのも、お見合いするのも構いませんよね。そこまで言っておいて逃げたりなんかしませんよね？　そんな、まさかねぇ？」

「ええ、構いませんとも。逃げたりなんかしないわよ。婚約破棄だろうとお見合いだろうと受けて立とうじゃ……」

そう言い放った瞬間。メアリの顔がニタァと歪んだ。

「……あ」

「はい、言質取ったぁ！」

「あぁ！」

「ちょっと誰かー、旦那様に婚約破棄とお見合いの言質取ったって伝えて！　あと、預けてた手紙も王宮に送って。早急に！」

「ちょっ、まっ！」

うろたえる私をよそに、メアリの声に反応した使用人の声が部屋の外から「了解でーす！」という返事が遠ざかる足音と共に聞こえてきた。

「撤回は不可ですので悪《あ》しからず」

いやいやいや、ちょっと待って。売り言葉をうっかり買ってどうするよ、私。

「……今の卑怯《ひきょう》じゃない？」

「お嬢様を手玉に取るのはメアリの特技ですから」

そんな特技いらない。生ごみと一緒に燃やして。

「侍女モード切れると本当にポンコツですよね、お嬢様って」

二の句が継げない。これでも敏腕侍女だって言われたこともあるのに、何この醜態。情けなくて涙が出てくる。

「そんなんで王宮でやっていけているんですか？」

追い打ちをかけるメアリの言葉に、私は頭を抱えるようにしてテーブルに突っ伏した。

「もうやだ。どいつもこいつも結婚結婚って、本当にうるさい」

涙と一緒に本音も出てきた。でもどうせ部屋には私とメアリしかいないのだから構いやしない。

「そうよ。メアリの言う通りですが、それが何か？　傷つきたくないの。怖くて堪らないの。また同じようなことがあったら立ち直る自信がないのよ、おかしい？」

そう聞くと、メアリは蜂蜜を紅茶に垂らしながら首を横に振った。

『どうせ私なんか』って思っているわよ。だから男性に対しては身構えるし、穿《うが》った目でも見てしまう。拗《こじ》らせている自覚はある。マイラ様のような素直で可愛らしい女性が本当はうらやましい。無駄に打たれ強いガスパールの屍のようになったあの姿も、近い未来の私の姿のようで怖くて仕方がなかった。

「どいつもこいつも私の方に未練があるんじゃないかって疑ってくるけど、ラウルなんかとっくの昔に見切りはつけてる。いつだって婚約破棄には踏み切れたわよ。でもね、簡単に破棄するのはすっごく癪だったの」

一〇年間、私が受けていた屈辱をどうにかして返してやりたい。同じような目に遭わせてやりたい。見下され、蔑まれ、疎まれ、自尊心が木っ端微塵になるくらい傷つけてやりたかった。

「絶対に仕返ししてやろうって思っている間に、忙しすぎてタイミングを失っちゃったのよ」

これを未練だというのなら、仕返しをし損ねたのは未練なのだろう。

「あー、もうやだやだ。今更私にメアリのように支えてくれる人ができると思う？」

「やる前から諦めるのは違うんじゃないかな、とは思います。それに知ってますか？」

「何を？」

伏せた顔を腕から少しだけ出して、向かいに座っているメアリを見上げた。

「夢を見てもいいのは少女だけですが、夢見る乙女には年齢制限ないんですよ」

メアリの言っている意味がわからない。少女と乙女の違いは何だ。

「初心《うぶ》なお嬢様にメアリからのアドバイスです」

突っ伏している私に、メアリは顔を近づけて内緒話をするような小さな声で言った。

「ここだっていうタイミングの時に乗っかることです。逃げちゃ駄目ですよ。それで旦那様を捕まえた私が言うのだから間違いありません」

「そんなタイミングわからないわよ。逃しちゃったらどうするのよ」

恋愛スキルなんて持ち合わせていないもの。タイミングなんてわかるはずがないじゃない。

「そんなお嬢様に朗報です。お腹もお胸もお膝も埋まっていますが、何と何とお嬢様限定大サービス。メアリの背中をご提供しちゃいまーす」

メアリはクルッと後ろを向いて、一回り大きくなった背中を親指でクイクイっとアピールをしてきた。

「いつだっておいでませ。おんぶして慰めてあげますよ」

失敗前提の話された！ もう、泣きたい!!

第五章

売られたけんかは買いましょう。論破、論破!!!

「…………」

「…………」

「……ふーん」

「…………」

「へぇ……」

「…………」

「……ほぉ……」

「うっとうしい!!!」

おっと失礼。王宮内で淑女らしからぬ声を荒らげてしまった私は、慌てて周囲を見回して、自分とダグラス様以外に誰もいないことにホッと息を吐いた。

「さっきから何です、ダグラス様」

まだ人目の少ない廊下だったから良かったものの、もう少しすれば廊下を抜けて騎士の訓練場が見えてくる。本日が公開訓練日により、訓練している騎士を見定めに夫人令嬢たちが来ているのだ。見られでもしたら、また私の悪評となってしまうではないか。

さっさと公開訓練に交ざればいいものを、なんで悠々と隣で私を見下ろしているのかな。イラっとするから、そのもの言いたげな視線やめてもらえます!?

「そんなに怒るなよ」

「怒らせているのは誰ですか!」

頭の上から突き刺さる視線が痛いのよ。言いたいことがあるなら言えばいいものを、じーっと頭上から見下ろすだけで何も言いやしない。察してちゃんですかーっ。私は魔法使いではないので心の中まで聞こえませんよ!

「言いたいことがあるならおっしゃいませ!」

ほらほら、せっかく催促してあげたんだから吐きましょうか。

「……それ」

「それ?」

それとは、どれのことを指しているのかと思えば、先ほどからずっとダグラス様の視線を奪っていた私の頭にある物。

「あぁ、この髪飾りですか?」

そう尋ねると、ダグラス様は頷いた。

「それが陛下の言っていたやつか?」

「多分そうですね。ライニール様から記念にと頂いた物ですよ」

記念という名の戒め品だが、これがライニール様から頂いた髪飾りだと知っているのは、当人である私とライニール様以外は、両陛下とマリィくらいだから間違いないだろう。

ライニール様との買い出しをした次の日、王宮に戻った私を待ち受けていたのは、ソワソワを隠しきれていないマイラ様だった。好奇心いっぱいのキラキラした目で「どうだった？」と聞かれたら、話さないわけにもいかず、洗いざらい全て話しましたとも。お説教されたことも含めてね。マイラ様は、どうも納得のいかない顔をしていたけれど、これが私の初デートだったのだから仕方がないでしょう。ライニール様は頑張ってくださっていたと思います。妙な期待をされていたようだけれど、所詮私相手ですよ。マイラ様が求めているような甘酸っぱいデートにはなりません、残念でした。どちらかといえば、記念すべき初デートはしょっぱい感じで終了です。

「ライニールと付き合うのか？」

「はい⁉」

また頓珍漢なことを言いだしたよ、この人は。どうしてそうなるの。

「記念に頂いたと言ったでしょう。これはライニール様の気遣いです」

贈り物をもらったら、即お付き合いになる思考がわからない。

「だが、婚約破棄を了承したと聞いたぞ」

「それは間違ってはいませんが」

文通相手は誰だ。メアリは決して口を割らなかったけれど、情報が早すぎるでしょう。婚約破棄に関する書類は準備段階であって、まだ提出してないのに。

「飛躍しすぎです。確かに婚約は破棄する予定ですし、そのうちお見合いでもしようと思っていますが、相手は決まっていません」

「ふぅん……そうなのか」

そうですよ。だから変な勘違いしないでくださいね。ライニール様に変な迷惑をかけるのは嫌ですよ。ただでさえ、お説教が身に染みてキリキリしているのに。

ちらりとダグラス様を見上げると、何とも複雑そうな顔をしている。

「はぁ、何です。自称お兄様は、妹が結婚に前向きになったことを喜んではくれないんですか？」

実兄は飛び上がるほど喜んでくれましたけど。

「喜んでいいのか迷ってはいるな……」

「なんでまた？」

そんな反応しているのはダグラス様だけだ。

「それでいいのか？」

「いいも何も、何を気にしているんですか」

「だから、話をしなくていいのか？　このまま何も言わずに婚約破棄をしてわだかまりは残らないのか？」

「!?」

びっくりした。何にびっくりしたかって、デリカシーの欠片もないダグラス様の口から私を気遣う言葉が出てきたことに、だ。あまりにも驚きすぎて、ポカンと大口を開けてしまったじゃない。慌てて手で口を覆った私を褒めてあげたい。

「おい？」

「あ、ごめんなさい」

ちょっと感動してしまった。だってダグラス様にそんな情緒があるなんて思いもしなかったものだから。

んん、と喉を整え、気を取り直してからダグラス様に言われたことについて返答をした。

「わだかまり……ですか。うーん、確かに文句ひとつ言えていませんからね。全くないというのは嘘ですが……、相手が話をしようともしてくれませんし」

『ここだっていうタイミングの時に乗っかること』というメアリの言葉が頭の中で過《よぎ》る。彼女の言っている意味とは少し違うかもしれないけれど、物事にはタイミングというものがあるのだと思う。

「話をすべき時は過ぎてしまったんだと思います。今話し合っても実のないことになりそうで……」

今でもあの時の怒りがひょっこり顔を出す時はあるけれど、何を言っても私の気持ちが伝わることはないだろう。返ってくるのは気持ちの入ってない謝罪。もしくは理解のできない愉快な言い訳を、自分に酔いしれた悲劇の主人公で演じてくれるのだろう。そんな胸《むな》糞《くそ》が悪くなるだけの話し合いなど時間と労力の無駄だ。

「……何です?」

ダグラス様が私の頭を撫でる。

「もしかしていたわってくれてます?」

いたわりにしては力が強すぎて髪が崩れそうですが。まぁ、でも有難くそのお気持ちは頂いておきます。滅多にないダグラス様の優しさでしょうからね。案外優しいの知っています。

「お前がそれでいいなら、俺が言うことでもないのはわかっているんだがなぁ」

「ふふ、有難うございます。でもそろそろ離してください。人目につきますからね」

そう言うと、ダグラス様は素直に手を下ろしてくれた。私も乱れた髪をサッと整え直す。

「まぁ、あれだ。何かあったら言えよ。この兄が聞いてやるし、何とかしてやる」

「その時は自称兄の活躍を期待しておきます」

「大いに期待してくれ」

期待は裏切らんつもりだ、と胸を張って言うものだから、おかしくて私は笑い声を立てた。どうせなら『つもり』ではなく言い切ってほしかったですけどね。

「ほら、もう先に行ってくださいませ。騎士団長様をご令嬢たちが待ちわびていますよ」

耳に届いてくる女性特有の高い歓声と、それに応えるような野太い声に、私はダグラス様を促した。あまり人目が多い所に一緒に出ていきたくはない。

「正直、面倒なんだけどな。公開訓練ってやつは」

「これもお役目ですよ」

客寄せに使われているダグラス様はそうでしょうが、この公開訓練で良い縁組が整ったり、専属の護衛騎士に抜擢されたりなど、色々と必要とされている行事なのだから諦めてください。ダグラス様だって、もしかしたら良いご縁が転がってくるかもしれませんよ。

「文句言わないで、頑張ってきてくださいな」

「おうよ、じゃあ先に行くな」

「はい、行ってらっしゃいませ」

小走りで訓練場に向かうダグラス様が、ふと振り返った。

「言い忘れるところだった」

何を言い忘れたんですかね、と小首を傾げると、にかっと歯を見せて笑うダグラス様と目が合った。

「それ、お前に似合ってるよ！　じゃあな」

そう言って、さっといなくなる背中。

「…………やられた」

これだからダグラス様は質が悪いというのだ。いつもは人をからかってばかりなのに、たまにこういう思いやりを見せた上に、今日は本気かどうかわからない最後の捨て台詞付きに、グワッっと顔に熱が集まってしまった。油断してた所にクリティカルヒットである。ライニール様とまた違う飴と鞭に翻弄されるな、私！

私は頬に集まった熱を冷やすようにパタパタと手で仰いだ。そして髪に差している髪飾りをさすり、心を落ち着かせる。こういうのをサラっと受け流せるようにならないといけないのですよね、ライニール様。大丈夫、私ちゃんとわかってる。訓練、訓練。

ふぅ、と深呼吸をして足を進め渡り廊下に出ると、ダグラス様が向かった訓練場が視界に入ってきた。

ついさっき別れたばかりだというのに、ダグラス様は既に騎士の一人と打ち合いをしようとしている。何だかんだ言いながら張り切っているじゃないですか。少し離れた所から見学している令嬢たちに愛想振りまいたりして、素直じゃないですね。

「……あ」

ヤな物が目に入った。

ひと際大きい歓声の上がる場所にはラウルの姿。彼の金髪が日の光に反射して煌《きら》めくたびに、女性たちの黄色い歓声が飛び交い、その中には赤い髪の少女の姿も見つけた。

宝飾品の件で大変だろうに、微塵もその様子は見受けられない。そのくらいの体裁を繕う余裕くらいはあったようだ。少しは慌てふためけばいいのに。

それにしても半ば強引にとはいえ、婚約破棄に踏み切る決断をしてから初めてラウルの姿を目にしたけれど、何の感慨も浮かばない。少しは感傷的になるかと思いきや全くである。私の中のラウルに、もう幼馴染としての情すらもないのだな、と再認識をしたくらいだ。

婚約破棄に必要な書類は、実は粗方用意ができている。あとは、この一〇年間心身共に受けた苦痛を証明する書類を同封して提出すれば、ラウル有責での婚約破棄は問題なく承認されるだろう。悔しいのは一〇年前のラウルと王弟妃の醜聞は立証性が低く使えなかったことだ。あの現場を目撃したのは私だけで、父や兄は話を聞いたのみ。あまりのショックで記憶が定かではなく、その後の手紙のやり取りはあったが、明確な記載はなく証拠にするには不十分だったのだ。

ラウル有責での婚約破棄が認められても、その責任が王弟妃にもあることを追及はできない。

「やっぱり癪だよね……」

少しでいいから、私が受けた屈辱と同等の思いをさせたかった。昔ほどの救心力はないが、それでも一部の民には熱狂的な支持を受けている王弟妃。

一〇年前のあの時でさえ、私が告発をしたとしても権力に揉み消され、彼女に事を認めさせるのは難しかっただろう。権力の前に、たかが子爵令嬢ごときの告発など塵《ちり》のようなものだ。人の婚約者を奪っておいて、何の罪悪感も抱くことなく、未だに愛され続けている彼女に辛酸を舐めさせたかった。それだけが本当に心残りだ。

「考えても仕方がないか……」

誰に言うでもなく、小さな声で呟いて頭を振った。

元々、孤児院慰問の警備態勢の最終打ち合わせをする為に、ライニール様がいる第二部隊執務室へ伺うところだったのだ。こんな所で足を止めている場合ではない。騎士が汗水垂らして訓練しているところは、ご婦人ご令嬢が見ていればいい。

仕返しをするタイミングがなかったのは、するべきではないという思《おぼ》し召しだったのかもしれない。こんなことにいつまでも囚《とら》われていないで前向きに生きろと言われているのだと思おう。それにいつの日か、私が舐めた辛酸をお返しする時が来るかもしれないし、もしかしたら勝手に自滅するかもしれない。だって愉快だもんね、脳みそ。

頭を切り替えて打ち合わせに行こうと、止めていた足を再び動かそうとした時、進行方向から近衛騎士四人が向かってくるのが見えた。

「?」

見学に来た令嬢の中にお目当ての娘でもいるのだろうか。随分気合が入っているようだけど、そんな様子では令嬢に怖がられるだけですよー、と他人事のように思っていた。

のんきにそんなことを思えていたのは、ここまで。

カツン、と目の前で靴音が止まり、威圧感たっぷりに私を見下ろし、一人の騎士が大きな声を張り上げる。

「マーシャリィ・グレイシス。ご同行願おうか!!」

響き渡ったその声に、訓練場から多数の視線がこちらに向いたのがわかった。

「いきなり何事ですか?」

敵意に満ちた眼差しを向けられ、問答無用な言いように私は冷静を装い尋ねた。内心もちろん業腹である。

「貴様にはある事件の嫌疑がかかっている。大人しくついてこい」

ある事件の嫌疑。

まさか、と思い騎士の胸元にあるエンブレムを見ると、そこには第四部隊のマークがあった。

「身に覚えのない嫌疑でついてこいと言われましても、承知いたしかねます」

「とぼけても無駄だ。王弟妃宮の宝飾室への侵入、更には窃盗。知らぬとは言わせんぞ!!」

知りませんがー？？？　と叫びたーい!!

呆れるにも程があるでしょう。私に窃盗の罪を着せてくるなんて何事よ。しかも大声で言い切ったし、馬鹿なんじゃなかろうか、この男は。

ライニール様から聞いた話では、私の推察は大まかな所では外れていなかったようだが、細かい部分は不明であると言っていた。そして王宮内の不祥事ゆえに、第四部隊の極秘捜査で進められるとも聞いた。だから対外的に私はその件を知らないことになっているし、ましてや公表されていないことをバカみたいな大声で叫ぶなんて、極秘捜査の意味を知っているのだろうか。

案の定、集まってきた野次馬令嬢たちは「まぁ、盗みですって!?」やら「プリシラ様の宮から……」と囁いているではないか。更には「ラウル様の婚約者の……」「例の噂は本当でしたのね……」とまで聞こえてくる。

その声に、大声で叫んだ騎士の口元が僅かばかり上がったのがわかった。

「大人しく従った方が身の為だぞ」

勝ち誇った表情で私を見下ろすその顔には愉悦が混じっている。

なるほどね。極秘捜査にもかかわらず、こんな人目の多い場所でこの発言は、私を陥れる為にわざわざ狙ってきたということか。ほぉ、そのけんか、喜んで買おうじゃないの。

横目で近づいてくるダグラス様の姿に、私は僅かに首を振り口出し無用のサインを送る。彼ならば、これだけで私の意を汲《く》んでくれるだろうことは、長年の付き合いでわかっている。

私は威圧をかけてくる騎士に、負けじと微笑みを浮かべながら見返した。

「それは任意ではなく、強制ということでしょうか？」

「つべこべ言わず、貴様は黙って言うことを聞いていればいい！」

どうして私が黙って言うことを聞かねばいけないのか。

「お断りします」

ぴしゃりと私は言い返す。

「貴様に拒否権はない」

そんなわけありませんから。何様だ、こいつ。

「協力を願うのならまだしも、私を犯罪者のように扱うのでしたら、それ相応のご覚悟があってのことなのでしょうね」

「侍女の貴様ごときを連行するのに、何の覚悟が必要だというのだ。笑わせるな」

はんっと男は鼻で笑うが、こちらの方が笑い返してやりたいですが？

確かに私は侍女だ。だが王妃付き筆頭侍女で、れっきとした高級女官である。役付きでもない一介の騎士に『ごとき』と言われる謂れも、上から命令される筋合いもない。私に命令できるのは王妃殿下のみ。私は王妃殿下の命令以外を拒否する権利が与えられている。それが『王妃付き』という意味だ、馬鹿者。そんなこともわからないのか、この男は。

「そこまでおっしゃるということは、言い逃れできない確固たる証拠があってのことと理解しても？」

あるんだよね。私がぐうの音も出ない証拠が。そうでないと、私を強制的に連行することは不可能なのだから、強気に出られるわけがないよね。

「当然だ！」

ふぅん、どんな証拠なのでしょうね。まぁ、間違いなく捏造《ねつぞう》だろうけれども、そんなに自信があるというのなら見せてもらいましょうか、その証拠とやらを。

「なれば、その確固たる証拠で私を罪人だとみなす。それは近衛騎士団第四部隊の総意と受け取ってもよろしいですか？」

つまりは部隊全体に責任がかかるということですよ。ちゃんと理解して答えてくださいね。

「いいだろう。これは第四部隊の総意である!!」

きっぱりと答えた男の後ろにいた騎士が「おい、勝手に何言っているんだ」とうろたえた様子を見せた。

はっはーん。やっぱりこいつら独断で動いているんだ。もしかしたら、そうかもしれないとは思っていたけれど、後ろの三人のうろたえ方からして、リーダー格の男には決定権はないのは明白だ。見たことのない顔だしね。偉そうな態度をとるところを見ると伯爵家以上のご子息だろうが、騎士としての新人なのだろう。

でも、もう発言してしまったからには撤回は効きませんよ。だってここにいる人全員が聞いているのだから今更無駄です。

「かしこまりました。そこまでおっしゃるのでしたら同行いたしましょう」

その言葉に周囲がざわつく。

「ですが、私は罪人として同行するのではありません。身の潔白を証明する為に同行することをお忘れなく」

罪を認めたと思っている方々がいるようですが、勘違いされては困ります。

「そして証明された際は、もちろん相応の責任を取ってもらいますよ。よろしいですね、第四部隊隊長殿!!」

遅ればせながらやってきたラウルに、私は振り返り言い放つ。答えなど待たないし、もちろん有無など言わせたりしない。

「まっ……っ!」「ここにいる皆様もお聞きになりましたね。私の嫌疑が晴れた際には、第四部隊隊長ならびに第四部隊に責任を取っていただきます。皆さまはその証人です」

発言しようとしたラウルの言葉を遮って、声を張り周囲を見渡した。困惑した様子を見せる人、しっかりと頷く人、そして興味深そうにしている人がいる。

「あいわかった。この件、冤罪《えんざい》だとわかった場合、近衛騎士団団長ダグラス・ウォーレンが責任をもって適した処分を下そう」

そう言ってくれると思っていましたよ、自称お兄様。これでもう撤回できないね、ざまぁみろ。ダグラス様は素早く駆け付けたというのに、のんびりしていて遅くなった自分が悪いんですからね。更に言えば、部下を御しきれなかったご自分を恨んでください。

「私は逃げも隠れもいたしませんわ。さぁ、参りましょうか」

どんな証拠を出してきてくれるのかな。全て論破してみせましょう。私に罪を擦《なす》り付けようとしたことを後悔させてあげます。

あー、楽しみー（怒）!!!

私は先頭に立ち聴取室へ向かおうと歩きだした。慌てだしたのは私を取り囲んでいた騎士四人。

「おい、先に行くな。何を考えているんだ、貴様は！」

「当然、私の冤罪を晴らすことを考えておりますわ。それ以外何があるというのです？」

冷たい口調で言うと、リーダー格の騎士は苛立たしげに舌打ちをした。

ダグラス様の宣言にうろたえて後れを取ったのは自分たちでしょうに、私のせいにしないでいただきたい。どうせ、ここまで事が大きくなると思っていなかったんでしょうが、自分たちの発言には責任を持たなくてはね。勢いや自尊心を満たす為に言うものではあり

ませんよ。取り返しのつかないことになりますから。

「生意気な女だ」

「まぁ、お褒めいただき光栄ですわ。そういう貴方は傲慢無礼ですわね」

にっこりと言い返す。それに苛立ちを隠しもせず、射殺《いころ》しそうな視線を向けてくるものだからおかしくて仕方がない。このくらいの挑発に乗るなんて青二才ですこと、ほほほ。

「貴様はブレイス伯爵家の俺を馬鹿にしているのか……っ！」

「ふふふ、心外ですわ」

馬鹿にしているのではなくて事実を言っているだけですよ。ご自覚してくださいね、無理だろうけど。それにしてもブレイス伯爵家ね。確かご当主夫妻は穏やかな方々だったと記憶しているけれど、ご子息はその血を引かなかったのかしら。不思議。お仲間の騎士に咎められて、何とか平静を保とうと努力しているようですけど、失敗していますよ。奥歯をギリギリしている音が聞こえてきそうですもの。

「チッ、まぁいい。どうせ泣きを見るのはすぐだろうからな。今だけは許してやる」

そうね。貴方が泣きを見ることになるのは、本当にすぐですよ。ハンカチのご用意はよろしいですか。もしもの時は私のハンカチを貸してあげなくもないですよ。

「寛大ですこと、ほほ」

私が、ね。

そんな嫌味の応酬をしながら、聴取室へ向かう私と騎士四人。そして後を追うようについてくるのはラウルだ。来ないわけにはいかないよね。部下の独断とはいえ、私が冤罪とわかれば処分は免れないもの。お得意の独りよがり劇場でどうにかできる問題ではないし。

ブレイス卿には非常に腹が立つけれど、思わぬ所で鬱憤を晴らす機会をくれたことに感謝したいくらいだわ。手加減はしてあげないけど。

「ここだ、入れ」

プフー、先に聴取室に着いたのは私なんですが？　背後からこの台詞は格好悪いわぁ。と内心馬鹿にしながら、表面上は平静を保ちながら、扉を開けてくれるのを待った。

「書記官はまだ来ていないのですか？」

聴取室に入ると、がらんとしていて誰もいないことを不審に思い尋ねる。これではすぐに聴取が始められない。

「貴様一人の為に書記官が必要だと思っているのか」

「必要に決まっています。取り調べ、聴取を行う場合、正確な記録を記す為に書記官の立ち合いは原則となっております。貴方の一存で左右されることではございません」

基本的なことなんですけど？　この人、本当に騎士なの？

「まさか知らないわけではないですよね？」

私は振り返り、背後にいたラウルとその他の騎士三人に問うた。

「そんなはずはない。そうだろう？」

そう答えたラウル以外の騎士は、ブレイス卿も含め全員気まずそうな顔をして口ごもる。

「はぁ、仕方がありません。コールデン卿、貴方が行ってきちんと状況を説明した上で書記官に来ていただいてくださぃ。聴取はそれからです」

「おい、俺たちの誰かが行けばいいだろう。我らが隊長を貴様ごときが顎で使うとは何事だ!!」

何事とは、何事よ。書記官の立ち合いにはきちんとした手続きが必要なのだ。呼んだらすぐに来てくれるものではないことくらいわかるでしょう。

「貴方がたでは埒《らち》が明かないから、隊長職であるコールデン卿にお願いしているのですよ。本来であれば、私に同行を強制する前に手続きを終えていないといけないことです。それの尻拭いを上司であるコールデン卿にさせているのは貴方の方です。私を叱責する前にご自分を省みることをお勧めしますわ」

「な……っ!!」

正規の手順を踏まず、平の騎士が『今から取り調べするからすぐに来てね』なんて言って御覧なさい。書記官を軽んじているのかと激高されること間違いなしだ。だからそれを少しでも軽減する為に、隊長であるラウルが赴き、頭を下げてお願いした上で来ていただく、そういう体裁が必要なのだ。

「そこまでにしておけ。私が書記官を呼んでくる。それでいいな」

いいも何も、自分の部下のミスを上司のラウルが責任取るのは当然の話だからね。それなのに「ですが……」って不満を言うとか、もうあり得ないのだけれど。部下の教育ぐらいしっかりしておきなさい。管理不足なんじゃないの!?

「……そうしてください」

言いたいことは山のようにあるけれど、ぐっと堪える。どうせ言ったところで時間が無駄になるだけだ。ここはまず冤罪を晴らすことを優先しつつ、お子様騎士とラウルにぎゃふんと言わせる為に我慢だ、私。

ラウルが部屋を出ていくのを横目に、私は疲れたと言わんばかりに額に手を当てた。

「侍女殿、どうぞこちらに」

そんな私の様子を見てか、一人の騎士が椅子に誘導した。ブレイス卿と違い、少し私に対しての態度が軟化している。あぁ、私の冤罪が確定された場合のことを考えてのことかな。少しでも私の心証を良くしておけば、温情で処分を軽くしてもらえるかもしれないとか。おあいにくさまです。その気は一切ございませんよ。だがラウルが戻ってくるまで立ったまま待つのも疲れるのも事実である。

「どうもありがとう」

私は素直に礼を述べ、椅子に座った。そのことに、またガタガタと文句を言うお子様がいるが、もう完全無視である。書記官が来たら相手をしてあげるから、少し黙っておきなさいな、全く。

それからラウルが書記官を連れて戻ってきたのは小一時間ほど経ってからだった。

私に対しての文句ならずただの悪口を正面から延々と言い続けるブレイス卿と、それを両脇と背後から宥《なだ》める騎士の三人。それをじっと黙って聞いている私、よく我慢したわ。どれだけ机をひっくり返してやりたかったことか。

「書記官をお連れした」

そう言ったラウルの背後から現れたのは、三〇歳前後のいかにも文官といった風体の男性だった。私はさっと立ち上がり、書記官の男性に頭を下げる。

「急なお願いを承知していただきまして有難うございます。大変申し訳ございませんが、どうぞよろしくお願いいたします」

本来だったら私が頭を下げる必要はない。だがこれも計算のうちである。

書記官の雰囲気からは、納得しない状況の中渋々来たのがありありとわかった。どんな説明をしたのかは知らないが、間違いなく言えるのは、ラウルが上手く説得できないまま連れてきたということ。もしかしたら頭も下げず、本当の意味で無理を言ったのかもしれない。そう思えてしまうほどに彼の表情は不本意に満ちていたのだ。その中、冤罪を訴える私が謝罪したなら彼の目からどういう印象に映るだろうか。

「……いいえ、貴女が謝る必要はございません。コールデン隊長からは何かの手違いだと聞いていますから」

「それでも、私は当事者ですので……」

「それでは貴女のお気持ちだけ受け取りましょう。さぁ、顔を上げてください」

手を取られて体を起こすと、書記官の男性は僅かな笑みを浮かべていた。

「ありがとうございます」

私もそれに応えるようにささやかな笑みを返した。内心はニヤリである。これで私と彼の間には、はた迷惑な第四部隊に振り回されたという共通の認識が芽生えただろうから。

私はまるでエスコートされるように椅子に促され、彼も書記官の定位置である机に着いた。その間、騎士の誰一人として何も言わないものだから、印象は最悪でしょうね。謝罪するまでもなく、軽く頭を下げるだけでも受ける印象は全然違うのに馬鹿ばっかりだ。

「確認ですが、王弟妃宮の宝物室への侵入容疑、窃盗容疑での聴取でよろしいですか?」

書記官がラウルに問うが、ラウルは首を横に振り言った。

「この聴取は、そこに座っているダリル・ブレイスが行う。私はただの付き添いだと思って結構」

「……では、ブレイス卿。間違いありませんか?」

訝しげな顔で私の正面に座っているブレイス卿に尋ねる書記官。表情だけではなく声音でもうんざりしているのが伝わってくるわ。すっごいその気持ちわかる。だって聴取の付き添いって、何だそれ、って普通思うよね。当然のように口にできるラウルの思考回路がわからない。

「王弟妃殿下への侮辱罪も追加してもらおうか」

ククっと得意げに笑いながらブレイス卿はそう言った。

侮辱罪ときたか。後悔すると思うけど追加したいのだったらお好きにどうぞ。

「承知しました。では用意ができましたので始めてください」

書記官が言うと、ブレイスはこれ見よがしに咳払《せき》いをして愉悦の色をした目で私を見た。いたぶる気満々だ。うわー、性格悪いね。もう卿なんてつけてあげない。敬意を込めて呼ぶ時に使われる呼称をこいつに使う必要性はないわ。品性というものが全く感じられないもの。

「マーシャリィ・グレイシス。貴様の悪行は全てわかっている。恐れ多くも王弟妃殿下に嫉妬するあまり嫌がらせを繰り返していたな。妃殿下に対しての暴言、王妃殿下への訪問の妨害、それに貴様、有難くも妃殿下からお茶に誘われているというのに一回も参加していないそうだな」

お茶会に関しては間違っていないが、それ以外は見当違いも甚だしい。

「そして、王弟妃宮付きのメイドを言うことを聞かねば首にすると脅した上で、無理やり協力させ宝物室に入り込み、そして高価な宝飾品を盗んだ。そうだな！」

「身に覚えはございません。全くの冤罪にございます」

「嘘をつくな。調べはついているのだぞ!!!」

調べとはどのような調べでしょうね。教えてもらいましょうか。

「暴言はメイドから証言はとってある。そして侵入、窃盗に関しては密告によって判明したことだ。言い逃れはできんぞ!!」

いいえ、しますよ。言い逃れではなく反論ではありますがね。

「お茶会に関してはそうですわね。参加したことはございません」

「ふふん、そうだろう？」

得意げになるのは早いと思うけど。

「ですが嫌がらせではございません。ご存じの通り、私は王妃付きの侍女にございます。休みを頂いてもいないのにお茶会の参加を優先させるわけにはいかないのです。その旨はきちんと王弟妃殿下にお伝えしております」

それでなくとも行きたくはないし、この先誘われても全く行く気はない。

「それと訪問の妨害とのことですが、同じようなことをコールデン隊長にも聞かれたことがございます。ですがその際にしっかりとその疑いについては説明させていただき、納得されたご様子でしたが、その説明を再度した方がよろしいでしょうか？」

私は扉近くにいるラウルを振り向き聞いた。

「……いや、その必要はない」

ですよね。だって恥をかくのは自分たちだもの。

「ダリル。その件については解決済みだ」

「その女を庇うのですか、隊長！」

「そうではない。この件に関しては妃殿下も私も納得済みだと言っている」

納得済みとは、非があるのは先ぶれを出さずに訪問してきた王弟妃殿下なのに都合の良い言い方ですこと。

「……チッ」

ものすごい目つきで睨んでくるけれど、痛くもかゆくもないのでお好きにどうぞ。それにお楽しみはまだまだこれからですよ。ついてきてくださいね。

「あと、証言されたメイドとは、どちらのメイドですか？」

「それが何の関係がある。メイドはメイドだ」

「どこの宮に所属するメイドであるか重要ですわ。まさか王弟妃宮付きのメイドだとは言いませんわよね？」

「その通りだが、それがどうしたというのだ。証言に違いはない」

「では、その証言に間違いがないという裏を取っているのですよね」

「間違いなどあるはずがないだろうが！」

どうして言い切れる。証言だけでは証拠にならないのは当然だろう。だからこそ証言の裏を取る必要があるのだ。

「では、王弟妃宮付きのメイドが、王弟妃宮に足を踏み入れたことのない私の暴言をどうやって聞くことができるのでしょうか？」

「……何だと？」

基本、王妃殿下の傍にいる筆頭侍女である私は王弟妃宮に行く必要がない。マイラ様の使いで王弟妃宮に向かうのは筆頭の私ではなく他の侍女だし、元より私個人で王弟妃に会いに行くことなどない。

「ですから、お茶会に参加したことがあるのならまだしも、王弟妃宮へ行ったこともない私に、王弟妃宮付きのメイドとは顔を合わせることすら無理です。侍女ならわかりますがメイドは持ち場を離れて他宮には行けませんし、しかも宮に入るには検問が必要ですわ。それを行うのは宮付きの騎士隊ですわね。その記録はございまして？」

この調子だと調べていないでしょうね。残念すぎる。

「同じように、使用人を脅して侵入というのも難しいかと思います。それを実行するには使用人だけではなく警備をしている近衛騎士の協力が必要になりますもの。まさかそのような方が第四部隊に？」

「いるわけがないだろう！　第四部隊の騎士を侮辱するのか!!」

そう答えるしかないよね。仲間を疑うわけにもいかないし、何より自分も怪しいと言うようなものだもの。

「そうですわよね。安心しましたわ。それでしたら私の疑いは晴れますわね」

だってそうでしょう？

「侵入できないのなら盗むことも到底無理ですもの」

「……くっ」

「あ、でも私の言い逃れできない証拠があるとおっしゃっていましたわよね。それをどうぞ、お出しになって」

まさか、これで終わりだなんて言わないよね。だってあんな大勢の前で私を罪人扱いしたのだもの。

「どうかなさいましたか？　確固たる証拠があるのですよね？」

「……」

なんで顔を背けるのかな。嘘でしょう。私、まだ論破らしい論破してないからね。まだこれからだよね。そうだよね!?

「……密告と証言が証拠だ……」

「……何とおっしゃいました？」

私の耳がおかしくなったのかな。あり得ないことが聞こえたけれど？

「……これが証拠の全てだと言っている!!」

聞き違いじゃなかったー!!!　プイって顔を背けて拗《す》ねても全然可愛くないからー!!

「……本当に？」

「ええいっ、うるさい!!　証言は確かに使用人だが、密告に関しては身分のある方からのものだ。それが何よりの証拠になるじゃないか！」

荒唐無稽な言い分が出てきた。それがまかり通るとでも思っているのだろうか。

「え……、と、それでしたら、証言、密告に関しての法的証拠となる記録はきちんと残してあるのですわよね？」

「そんなものはない。身分のある方からの密告だと言っただろう！　疑う余地はない！」

そんなわけないでしょう。むしろ身分があれば嘘を上手く使うことも必要になるし、嘘をつかない聖人君子では身分は保てない。それが貴族社会だ。このぼんぼんめ！　どれだけ優しい世界で生きてきたの、この伯爵令息は！

「……この程度の証拠で私を罪人だと決めつけたのですか？」

あまりにも信じられなくて声が震えた。

啞然としたのは私だけではない。書記官もラウルも、そしてブレイスの両脇と背後を固めていた騎士三人も信じられないものを見たような顔をしている。

「……ダリル、お前はこの女狐《めぎつね》を追い詰める確実な証拠を摑んだと言っていたじゃないか。これでは、証拠どころか言いがかり以外の何物でもない!!!」

「我らが敬愛するプリシラ様と隊長を苦しめる諸悪の根源を懲らしめると大口叩いていたくせに、何だこの様は!!!」

「もうお前だけの責任じゃないんだぞ。第四部隊の責任を問われるんだ。それをわかっているのか!!」

こらこら、女狐だの諸悪の根源だの言いたい放題言いすぎ。ここに本人いるからね。私に椅子に座るように誘導してくれた騎士だけは私を悪く言わなかったけど、連帯責任だから許してあげませんよ。

そもそもブレイスを一様に責め立てているけれど、どういった証拠なのか確認もせずに話だけを鵜呑《うの》みにして私を懲らしめようとしたのだ。ブレイスは確かに浅はかだが、それは責任転嫁であってただの自業自得でしょうが。

「だがこの女狐が妃殿下に対し嫉妬をしているのは事実だ！　貴様は隊長が妃殿下の傍に

いるのが嫌なのだろう！　隊長が嫌がっているにもかかわらずみっともなく婚約者の立場にしがみ付いていているくらいだからなっ!!!」

とうとう、ただの悪口で攻撃するしかなくなったのね。

「ダリル、やめろ」

おっと、珍しい。ラウルが止めに入るなんて。どういった風の吹き回しですか。今までは私が何を言われていても放置だったのに。でも残念なことに興奮が過ぎて耳に入っていないようですよ。

「その程度の容姿で、見目麗しい隊長の隣に立てると思っているのか。プリシラ様に敵《かな》うとでも思っているのか。おこがましい。才女と呼ばれることもあるようだが貴様など知識をひけらかす自己顕示欲の強い醜い人間でしかない。淑女の風上にもおけんっ。その醜い様が顔にも滲み出ているぞ!!!」

はいはい。その台詞はラウルと書記官が来るまでに散々聞いているから、もうちょっと違う方向から攻めないと、言われ慣れているので傷つきませんよ。それより正面で暴言を吐かれるものだから唾が飛んで、そちらの方が不愉快である。俯いて顔にかかるのは防いでいるけれど、今度は髪に飛んできそうで気持ち悪い。

「ほら見ろ。事実だから言い返せないじゃないか。貴様のような生意気な女は隊長に似つかわしくないんだ。さっさと身を引けばいいものを、隊長が優しくするから図に乗りおって。身の程を知れ!!」

いえいいえ、言い返さないのではなく、貴方の唾から身を守ってるだけですから。

「いい加減にしろ」

「まだまだ言い足りません！」

「いいから、その口を閉じるんだ」

「なぜですか！　こんな女を庇う必要はありません!!　もっとはっきり言ってやるべきです！」

「黙れ」

「この女には思い知らせてやらねば！」

「黙るんだ、ダリル」

延々と続きそうな言い合いにうんざりする。ちょっと口を挟んでもよろしいですかね？

「止めなくて結構ですよ、コールデン卿」

「マーシャ……っ」

なんでそんな意外そうな顔をしているのでしょうね、ラウル。私が貴方たちの言い合いを止めるのはおかしいですか？

「隊長は貴様を庇ってくださっているのだぞ！　何だその可愛げのない態度は！」

貴方も私をけなすその態度はぶれないね。それに一見そう思うかもしれないが、ラウルは決して私を庇っていたのではない。

「どうぞ言いたいことはおっしゃって。第四部隊の皆様が、私をどのように思っているのかわかりやすくてよろしいですわ。ブレイス卿以外の方も、女狐、諸悪の根源とおっしゃっていましたしね」

ふふ、と左右の騎士に笑いかけると、さっと顔色を変えた。

「でも不思議ですわ。そう呼ばれる原因も、私が冤罪をかけられた原因も、事実とは異なることで発生しているようですもの。ねぇ、コールデン卿？」

「……っ」

ダリルの暴言を止めたかったのは、こうやって私が話を切り出してこないようにする為だよね。

「ハッ、何が事実と異なるだ。事実だろうが！」

「いいえ、私の事実とは違います」

そう、私が妃殿下に嫉妬しているというのが事実として周知されているのが問題なのだ。

「やめろ、マーシャ。この件とそれは関係がないだろう」

「関係ありますわ。だってそれが私の動機として扱われていますもの。この動機を覆せば、間違いなく私の冤罪は確定ですわ。そうでしょう？」

嫉妬から犯行に及んだというのなら、私が嫉妬心を持っていないことを証明すればいい。そうすれば、女狐や諸悪の根源などと言われることもなくなり一石二鳥だ。

「そこまでしなくても、冤罪だったことは隊長である私が認める」

「隊長！　まだ冤罪だと決めるのは早いです。処分を受けるのですよ。自供させればいいではないですか!!」

「彼女は無実だ。それにどう自供させるつもりなんだ。この程度の証拠で拷問にでもかけるつもりか！　そもそもお前が勝手に第四部隊を巻き込んだせいだろう」

「ぐ……っ」

そうそう。そうするように誘導したのは私だけど簡単に引っかかる方が悪い。でもそれだけではなくラウルの監督責任も重いと思うけれど。

「マーシャ。それでいいだろう？」

「嫌です」

「きちんと謝罪はする」

「それは当然です。私はまた同じようなことが起こらない為にはっきりさせておきたいと申し上げているのです」

「責任をもって同じことが起こらないようにする」

「信用できません。だってコールデン卿は嘘つきですもの」

「……っ」

反論はできないよね。正確には嘘つきとは少し違うかもしれない。ラウルがしたことは、周囲が勘違いしていても何も訂正をしなかっただけなのだから。

「隊長を嘘つき呼ばわりするな！」

「ブレイス卿は黙っていてください」

貴方の出番はもう終わりですよ。論破する気満々だったので不完全燃焼ですが、私が相手をするまでもない馬鹿で至極残念でした。おかげで鬱憤が余計にたまって気分が悪い。

「コールデン卿は『そこまで』とおっしゃるけど、別に大したことではないでしょう。ただ、周囲の認識が間違っていると教えてあげるだけですわ。それとも何です？　コールデン卿からしたら『そこまで』重大なことなのですか？」

「そうじゃない。これ以上は必要ないと言っているんだ」

必死ですこと。でも必死になればなるだけ不審に思われるだけなのに、お馬鹿さんね。訝しげにラウルを見ている部下たちの様子がわからないのかしら。でもやめてあげません。

今日この場で、その間違った認識を正して差し上げます。

「ねぇ、ブレイス卿。貴方に婚約者はいますか？」

そう問うけれど、ブレイスは怒りに震え答えない。仕方なく隣にいる騎士に同じことを尋ねると、戸惑いながらも頷いてくれた。

「婚約者と手紙を交わしたことはありますか。そう、騎士のお仕事は忙しいですものね。寂しがらせないようにお手紙を交わすのは大切なことですわ。お二人で出掛けたことは？あら、評判のカフェですわね。婚約者の方もお喜びになったでしょう？　もちろん贈り物もまめにされているのよね？　まぁ、夜会に参加される時のドレス一式を？　素敵ですわ。もちろんエスコートは貴方のお役目ですわよね。ええ、だって婚約者の色を纏《まと》うのは特権ですものね。当然ですわ」

突然始まった世間話。でも決して関係のない話をしているのではない。

「貴方は婚約者にしっかりと向き合っているのね。素晴らしいと思うわ。どうぞそのまま婚約者の彼女を大切にしてくださいませ」

騎士としては駄目だけど、男性として婚約者を大切にしていることは褒められる。おろおろしている隊長であるラウルよりずっと高評価。

「婚約者を大切にする。そんなの当たり前のことですわ。それが家同士の政略的なものだとしても蔑ろにしていいはずないわ。結婚すれば長い年月一緒に過ごすのですもの。歩み寄りは必要よ。たとえ好ましくない相手でも最低限のマナーは大切でしょう」

けれど、と私はそっと瞳を伏せた。

「私は社交界デビューをした時から一〇年間、一度も婚約者からそのように扱われたことがないのです」

その私の言葉に、全員の視線がラウルに向かった。

「そんな男性をどう思いますか。もし貴方がたが逆の立場だとしたら、好意を持ち続けることができますか?」

誰一人として答えない。ブレイスも言葉を失ったままだ。つまりラウルの行動はそれだけ非常識だということ。

「私には無理でした。嫉妬するだけの情熱などとっくの昔に失いましたわ。一一歳の頃からの婚約者ですもの。全く情がないとは言いません。でもそれがこの事態を招いたのだと思うと、とてもではありませんが情さえも消え失せてしまいそうで……」

「……マーシャ、違うんだ……」

力ないラウルの声が聞こえたけれど、私は静かに首を横に振った。

「淑女の風上にも置けない醜女。そんな風に言われる私でも、名ばかりの婚約者といえど必死にコールデン卿、貴方を立ててきたつもりです。事実とは違う悪評を立てられても、悪意ある噂でどれだけ貶《おとし》められても、弁解は一切してこなかった……それがいけなかったのですね」

ガッツリと真っ赤な嘘です。ラウルを立ててきたことなんて一切合切ありませんとも。私の都合の良いように利用してきたことがラウルにとって好都合だっただけです。だけど嘘も方便。

「マーシャ……君の気持ちはわかっている、わかっているから……」

それ以上は言わないでくれ、ですかね。嫌で――す!!　私の気持ちも全然理解していないから。どの面下げて『わかっている』なんて言えるのでしょうね。それに、私に縋《すが》る権利はラウルにはありません。言わないという選択肢は、もう私にはないんですよ。無理無理！

「でも、もうやめますわ」

きっぱりと言い放ち、そして困惑した様子を見せる騎士たちと書記官一人ひとりに視線を這わせた。

「私に王弟妃殿下に対しての嫉妬心など微塵もございません。婚約者の立場にしがみついているのは、私ではなくコールデン卿の方です」

「嘘だ!!!」

私の台詞に真っ先に反応したのはブレイスだった。ラウルはもう何も言えないようで俯いている。

「嘘だ、嘘だ!! 貴様は我らを騙そうと大嘘をついているんだろ! 騙されるもんか!!」

うん。子供の駄々かな。自分の思い描いていた展開にならない事に癇癪《かんしゃく》を起こしているお子様にしか見えない。

「そうだ。証拠を出せ。貴様が言っていることが正しいと証明できる証拠を。俺が納得できるだけの証拠を出すんだ!!」

自分は誰もが納得できる証拠を用意できなかったくせに、私には完璧な証拠を持ってこいなんて、どの口が言えるのだろう。あぁ、その口か……、と唾の飛び散ったばっちい口を見て思った。

「かしこまりましたわ。その貴方、お願いしてもいいかしら?」

ブレイスの後ろにいた騎士を指名した。

「婚約解消の書類の控えを私の父が保管していますわ。それを持ってきてもらえるようグレイシス家に使いを出していただける?」

丁度婚約破棄に関して必要な書類として用意していたから、すぐにでも持ってこられるだろう。

「駄目だ。書類を捏造するかもしれん」

ええー、偽造書類はそんなに簡単に用意できませんよ。魔法じゃないんだから。

「騎士様が直接行ってくださってもよろしいですわよ。それでしたら捏造できませんでしょう？」

「ふん、この事態を予想してあらかじめ偽造でもしているのだろう。ずる賢い貴様が考えそうなことだ」

はい、また暴言『ずる賢い』頂きましたー。確かに貴方のおつむに比べたら賢いですわね、おほほほほ。

「それでは、書類を作成した書士をお呼びください。その方から間違いなく書類を作成したと証言していただけます」

基本的に書士は作成した書類に関して守秘義務があるが、証人として召喚すれば証言するのは可能だ。

「馬鹿を言うな。貴様が抱き込んだ書士の証言など当てになるものか！」

とんだ風評被害ですこと。お門違いもいいところだが、馬鹿は馬鹿なりに頭を使っているようだ。その頭の回転を、もっと違う所に使うべきだと思う。例えば、私のぐうの音が出ないくらいの証拠を集めることにとかね。そうしたら、もう少し手強い相手になったかもしれないのに残念だわ。

「……ふぅ、証拠を出せという割に、こう難癖を吐かれては困りますわね。何です? 私に証拠を出させないよう妨害をされているのでしょうか?」

「貴様が有無を言わせない証拠を出せばいいだけの話だ」

うわー、厚顔無恥という言葉を慎んで差し上げたいね。すっごく似合うと思う。いっそのこと『コウガン・ムチ』もしくは『ムチ・コウガン』に改名すればいいと思う。

「そうですわね……自宅には婚約解消の控えと共に、コールデン卿が父に婚姻を願う書状もあるのだけど、それも捏造と言われそうですわね……」

一〇年分しっかり保管してありますとも。だってこれも婚約破棄の提出書類の一つになるもの。婚約者の務めを果たさずに、婚姻だけを求めてくる不埒なふるまいの証拠としてね。

「あら、そうですわ。コールデン隊長に証拠を提出してもらえばいいのだわ」

ね、とラウルを見ると、あからさまに動揺した。

「隊長にだと?」

「ええ、そうですわ。控えが我が家にあるのなら、コールデン卿の元に原本があるのは当然でしょう。もちろん父からの書状も同封されているはずですわ」

これなら捏造しようがないので、文句は言えないわよね。

「ねぇ、コールデン隊長。もちろん提出してくださるわよね」

当然だよね。責任もって同じようなことが起こらないようにしてくれるのでしょう? 今がその時ですよ。

たっぷりと時間を使い、私以外の人が固唾《かたず》を飲んで見守る中、ポツリとラウルは言った。

「…………提出するまでもない……、彼女が言うことは事実だ……」

はい、言質取りました。有難う、ラウル。もうちょっと粘ると思ったけれど、根性ないね。

「そんな……隊長……っ！」

そこまで悲壮な声出さなくても……。と思ったけれど、ブレイスからしたら信頼していた隊長に裏切られたのだから同情しないでもない。だが、それと私の件とは別だ。

出番が終わった時点で大人しくしておけば良かったのに、しゃしゃり出てくるからこんな目に遭うんですよ。引き際というものを見極める目を肥やすことですね。良い勉強ができたと反省してください。

「これで納得していただけたでしょう。まだ何かございますか？」

ラウルの発言に勝る証拠はないと思うけれど、まだ言いがかりをつけるようでしたら、受けて立ちますよ。

「だが、マーシャ……。私にも事情があったことを理解してほしい……」

まだ言うか。めげないね、ラウル。それともまた悲劇のヒーローモードに入っているのかな？

「……それは私の心を傷つけ犠牲にし続けても許される、そんな事情なのですか？」

それにどうせ事情と言ったってプリシラ様関係でしょうし、ラウルにとって譲れない事情だったとしても、私からしたら取るに足らない事情なのです。理解なんてどんな理由があってもしたくない。

「……っ……」

ほら、答えられない時点で言い訳にすぎないことが証明されてしまったね。それに許しを請うような目で見つめられても、ラウルが望む言葉を私があげるわけがない。

私はラウルの視線を切り捨てるように顔を正面に戻した。そこには力なくうなだれたブレイスと真っ青な顔色をした騎士三人。これから自分たちを待っているのは、近衛騎士団長から下される処分だものね。顔色くらい悪くなるよね。

でも、その前にちょっとお話ししましょうか。

「皆様方、騎士の在り方というものをご存じでしょうか」

おもむろに発した私の言葉に、びくりと一様に体を揺らした。

「忠誠、公正、勇気、武勇、慈愛、寛容、礼節、奉仕を徳とされているものを騎士道と申します」

顔を上げようともしないブレイスに、静かに、まるで子供に言い聞かせるように告げる。

「間違った正義感を振りかざし、確証もない密告、証言により私を貶め、不確かな噂により辱める。また嘘の供述を強要してまで私を罪人に仕立て上げようとする。それは騎士道に沿う行動でしょうか」

ブレイスは何も答えない。私は続けて、視線をブレイス以外の騎士に向けた。

「疑うことすらせずに甘言に乗り、罪のない私を冤罪に陥れることに加担する。確認を怠ったのは己だということを棚上げし、窮地に陥ると責任転嫁する。それが騎士としてあるべき姿だと胸を張って言えますか？」

誰一人として、私と目を合わすことすらできない。

「近衛騎士とは一挙手一投足が主の評価に繋がるのです。私を陥れようと貴方がたが安易に行動を起こしたことで、一番迷惑を被るのがどなただと？　グラン王国近衛騎士が忠誠を誓うのは誰です。宣誓は誰の名の下で行うものですか」

一瞬の間の静寂。各々が脳裏に思い浮かべた顔は、騎士として正しいものではなかったのだろう。

「どなたの顔を思い浮かべたのか、それはお聞きしません……」

ですが、と言葉を続けた。

「もしそのお顔が、貴方がたがこのような行動を取る原因となった王弟妃殿下のお顔なのでしたら、今すぐ近衛騎士をお辞めなさい」

その言葉に、ひゅっと誰かの息を飲む音がした。

近衛騎士が主君とするのは、グラン国王陛下でなければならない。守るべき王族とはいえ王弟妃殿下は主君ではないのだ。

「王弟妃殿下の専属護衛騎士を名乗るべきです」

だんだんと顔色が真っ青から真っ白に変わっていく騎士たち。顔色は見えないものの、小刻みだった震えが痙攣《けいれん》かと思えるほどに大きくなっているブレイス。

「貴方がたは、ご自分が敬愛してやまない王弟妃殿下の名の下で私を糾弾し、その名を貶めた。その上主君である国王陛下の顔に泥を塗ったのです。そんな者にグラン王国近衛騎士を名乗る資格はございません」

私がそう言い放った瞬間、ブレイスが音を立て椅子から立ち上がった。

「……っ……ダリル、やめろっ!!!」

あっ、と思った時には既に遅く、けたたましい音が響き、私は冷たい壁に叩きつけられていた。

「取り押さえろ!!」

ラウルの焦った声が耳に届くが、その声はやたらわんわんと鳴り響いている。とっさに腕で顔を庇ったものの、衝撃で飛ばされ壁に額と肩を打ち付けたせいだろう。

「マーシャ、大丈夫か？」

「……っぁ」

大丈夫に見えるか、ふざけんなっ！！！　婦女子を壁に叩きつけるってどういうこと!?　しかも拳で殴りかかるって……、はぁぁぁあ!?　騎士とか紳士とか以前の話でしょう。男としてあるまじき行為じゃないの、これ!!!

怒鳴りつけてやりたかったのに、私の心の叫びとは裏腹に体は動かない。

「………っ」

頭に血が上るってこういう時に使うのだと思う。冷たい床に伏せたまま、あまりの怒りで体が震え始めた。あぁ、そういえばブレイスも震えていたものね。自分が仕出かしたことの大きさにおののいていたのではなく、今の私と同様抑えきれぬ怒りで震えていたのね。油断したぁ!!

「マーシャ……」

うるさい！！！

肩に触れた手をパシンと振り払う。その動作にズキンと全身に痛みが走るが知ったことか。私の体を起こしてくれようとしたのはわかるけれど、触れられたくない。

「……っ……ぅ……」

起こそうと力を入れようとすると全身が雷に打たれたように痛む。だけどラウルの力を借りる気は一切なかった。

「侍女殿、私の手を……っ」

そんな私に手を差し伸べてくれたのは書記官の彼だった。

「……あり、が……と、ござい……す……」

擦れた声が出た。体のダメージは思ったよりひどいのかもしれない。だがしかし、意地でも起き上がってみせますよ。こんな所で暴力なんかに負けて堪るか。

震える足を奮い立たせる。頭はクラクラするし肩はズキズキする。何度も深呼吸を繰り返し、痛みを抑え込む。

そうして、やっと立ち上がった私の視界に入ってきたのは、騎士三人に押さえ込まれ、怒りで興奮したブレイスの姿だった。まだまだ殴り足りない、そう言わんばかりの表情だ。

「……私からはもう、何も言うことはございい、ませんわ……貴方がたの処分は、約束通り近衛騎士団長が、下してくれる、ことでしょう……」

間違いなく軽くない処分が下る。これだけのことを仕出かしているのだ。もしかしたら除隊処分もあり得る。そんな怒りを向けられても、私はもう知らない。

私はふらつきながら、支えてくれた書記官の手を離れ、彼らに背中を向けた。これ以上、屈辱も暴力も受けたくはない。何より、少しでも気を抜けば意識が遠のいてしまいそうなのだ。

「……それでは……ごきげんよう……」

そう言ったのは、ただの意地。

私はれっきとした淑女だが貴方は騎士どころか紳士ですらない、という嫌味を含めるためにカーテシーでもすれば完璧だったのだけど、体が言うことを聞かなかったので断念したのだ。きっとその本意は伝わっていない。

扉を閉めたところで、もう限界。

体を支える力も、意識を保つだけの気力もなく、トサリと音を立て崩れ落ちた。

彼らの目の前で気を失わなかったことだけを褒めてあげよう、そう思いながら、遠くなっていく意識の中、書記官が私の名を呼ぶ声と、女性の悲鳴が聞こえた気がした。

書き下ろしストーリー　決闘

これは私が一五歳の時。まだマイラ様の侍女になる前の、たった一年間だけ過ごした学生時代のお話だ。

クワンダ国から交換留学を終え、グラン王国王立学園に編入して一か月。

学園のサロンにて、私はクワンダ国にいる友人にあてる手紙を書いているのだが、どうも上手く書けずにため息ばかりをついていた。

ため息の理由は、手紙にも書こうとしていた学園生活のことだ。

王立学園に入学が許される一三歳の時にクワンダ国へ留学をしたので、学園内に親しい友人がいないのは仕方ないことだと覚悟はしていた。けれど卒業まであと三年もあるのだ。友人を作り楽しい学園生活を送ろうと意気揚々としていたのに、編入当日にその心意気はバッキバキに折られてしまった。

原因は浮気現場を私に見られたにもかかわらず婚約状態継続を望むクズのせいである。

クズが学園内で人気があったのは理解ができる。容姿だけは物語に出てくるような王子様然としているし、騎士を目指すだけあって剣の腕もいい。勉学も上位をキープしていたみたいだし、モテないはずがない。

　更に言えば、浮気相手の侯爵令嬢とクズ、そして第二王子は生徒の間で憧れの存在だったんですって。三人が卒業した現在でも在校生に多くのファンがいるのだ。そのファンからしてみれば、私の存在が気に食わなくて仕方がないのだろう。コソコソ、クスクスと、陰からと言わずテーブル一つ挟んだ所から聞こえる陰口は、クズの婚約者である私に対しての妬み嫉《そね》みにまみれておりますよ。なんであんな小娘が、ってね。

「はぁ……、面倒くさい……」

　ため息と共に本音がポロリ。

　その小さな呟きは、周囲のテーブルにいるご令嬢たちの耳には届いていないだろうけれど、うなだれた私の耳には令嬢たちの愉悦を含んだ笑い声が聞こえてきた。人の不幸は蜜の味だとは言うけれど、本当に楽しそうですこと。

　机に突っ伏したい気分を堪えて、冷めてしまった紅茶に手を伸ばそうとした時、私の座っているテーブルに一人に男子生徒が近づいてきた。

　太陽の光に透けた蜂蜜色の長い髪をなびかせながら、爽やかな笑みを携えた好青年の登場に周囲のご令嬢たちが色めき立つ。

「やぁ、マーシャ。今日も素敵な装いだね」

「まぁ、お褒めいただき光栄です。アラン様」

　クワンダ国からの交換留学生アラン・ベネクト様。私より一つ年上で今年度からグランである。

国に留学している人物だ。去年までクワンダ国にいた私とは、とある人を通じて良き友人関係を築いており、グラン王立学園内では唯一私の話し相手になってくれる貴重な存在で

「歓談中に邪魔して申し訳ないけれど、僕もご一緒してもいいかい？」

「それは構いませんが……嫌味ですか？」

ご歓談中って、どう見てもこのテーブルについているのは私一人ですよ。何を言ってい

るのだとアラン様を見上げると、彼は肩を竦めて笑った。

「嫌だな、嫌味なんて言ってないさ。サロンにいる皆は君の話をしているじゃないか。僕

はてっきりテーブルを挟んでお話をするのが、グラン国のマナーだと思っていたけれど違

うのかい？」

アラン様の台詞に周囲が静まった。

そんな礼儀作法聞いたことないですよ。嫌味は嫌味でも矛先は私ではないのはわかりま

したけどね。

「ふむ、どうやら僕の勘違いだったようだね」

「ええ、そうですわよ。私はアラン様と違って目立つ存在ではありませんもの」

「それは謙遜が過ぎやしないかい。就学前から語学力に長け、一三歳で交換留学生に選ば

れた才女だと君の名声は高いじゃないか。我が国でも第一王女に気に入られた稀有な人物

として有名さ。王女は優秀な人間が大好きだからね。もっと自分を誇らなくては王女から

お叱りをいただいてしまうよ？」

「まぁ、恐れ多いですわね、ふふ」

「ははは、全く君は謙虚なんだから」

あははは、うふふふ、と二人で声高々と笑い声を立てると、周囲にいた令嬢たちが一組二組と席を立っていく。あからさまな牽制に気がついたのだろう。

クワンダ国第一王女といえばグラン国王太子の婚約者だ。つまりは王太子妃となる方で、未来の王妃でもあるのだ。その王女のお気に入りに陰湿ないじめ行為をするなんて自殺行為以外の何物でもないわけで、令嬢の中には顔色を変えて足早に立ち去った人もいる。

人の不幸は蜜の味。けれどその蜜が毒かもしれないということが学習できてご令嬢的には良かったのではないですかね。もちろん内心では『ざまぁみろ』ですけど。

「あらまぁ、グラン国のご令嬢たちは素直だね」

あらかた私の周囲のテーブルと固めていた令嬢がいなくなると、アラン様は呆れを含んだ笑みを漏らした。

「素直は美徳ではあるけれど貴族子女としてはどうかと思うよ、僕は」

グラン国は大丈夫なのかい？　とアラン様は苦笑した。

「素直だからこそ自分の心のままに嫌がらせという幼稚な真似ができるんですよ。まだ犯罪行為に手を出さないだけマシだと思うことにしてます」

「犯罪行為ねぇ。例えば階段から突き落としたり、二階の窓から植木鉢を狙って落としたりとかかい？」

「ええ、一歩間違えば死ぬかもしれないようなことですよ」

陰口を叩かれるのは精神的にくるものがあるが、悪ければ死、良くても後遺症が残るような大怪我をするよりはよっぽどマシだ。

「その鞄《かばん》に入っているのは、もしかして教科書や私物かい？」

アラン様は私の隣の椅子に置いてある大きな鞄を指差した。

「そうですよ。勝手に持ち出されて池や噴水に投げ込まれると困りますもの。持ち歩くようにしているんです」

「はは、クワンダで学んだ教訓が活《い》かされていて結構だね」

「おかげ様で」

今私たちが話した内容は、留学していた時にクワンダ国の学園で行われていた嫌がらせだ。その時の被害者は私ではないが、嫌がらせというものは大概同じような手口だろうから参考にさせてもらった。おかげで私の被害は陰口だけという最小限で収まっている。何事も経験を積んでおくべきである。

「君も苦労するね。こんな調子のままあと三年も通い続けられるのかい？」

あんな調子のご学友では先が思いやられるよ、とアラン様は言った。

「んー、留学までしたのに退学するというのもはばかられますし……、将来のことを考えると頑張る以外に選択肢はないのかな、と」

学園内の交友関係は社交界での縮図である。ここでリタイアしてしまえば、今後の私の社交界での立場はないに等しくなってしまう可能性があるのだ。グラン国で貴族として生きていく為には、それだけは避けたい事態である。

「選択肢ね。それなら僕のお嫁さんになるというのはどうだい？　クワンダの社交界は君を歓迎すると思うよ」

「あはは、何を言っているんですか。私ではアラン様のご細君は務まりませんよ」

止《よ》してくださいよ。一応はといえ婚約者持ちですよ、私。

「君で務まらないのなら、僕は一生独り身かもしれない」

しゅんと肩を落とすアラン様だが、それが本気ではないことは知っている。

「はいはい」

周囲に人がいないからまだ良かったけれど、もし聞かれでもしたら、更に私への攻撃が激化するじゃないですか。ご自分が学園のご令嬢たちに人気があるのは自覚しているでしょう？

「冗談ではないさ。君は僕の数少ない理解者だからね。君とならいい関係が築けると思っているのだけど」

そう言うアラン様に、私はこれ見よがしに片眉を上げた。

「アラン様は馬鹿ですね。本当に私と夫婦関係が築けると思っていますか？」

「……む」

「はい、残念。思ってないでしょう。それにアラン様には私なんかよりずっと素敵な方ができるに間違いありませんよ」

数少ないアラン様の理解者が断言します、と私は笑った。

「でもお気持ちは有難く頂いておきますね。私を心配してくださったからこそのお言葉ですもの」

お礼にお茶菓子を分けて差し上げます。メアリお勧めのクルミがたっぷり入った濃厚ブラウニーです。ええ、もちろん鞄の中のおやつ専用ボックスから取り出しましたとも。給仕を抱き込まれて何か仕込まれても嫌ですからね。お勉強の際には糖分は絶対必須です。

「ふ、ふふふふ、やっぱり君には敵わないな」

そう言って、アラン様はブラウニーを口に運んだ。

「うん、美味しい」

「そうでしょう。私も大好きなんです、このブラウニー」

一人で食べるもの悪くないですが、やっぱりお茶をする時は誰かと一緒の方が断然美味しいですよね。でもね、アラン様。美味しそうに食べているところに申し訳ないですが、一言だけ言わせてもらってもいいですかね。

「小指が立ってますよ、アラン様」

「おっと失敬」

ぐぐっと立っている小指をもう一方の手で無理やり曲げるアラン様の様子に、私は声を立てて笑った。

そんなアラン様とのサロンでのお茶会から一か月と少し。

あの牽制が効いたのか、陰口は鳴りを潜めている。でもだからといって友人ができたかというと、そういうわけでもないのが切ないところだ。あからさまな嫌がらせがないだけで、相変わらず遠巻きにされているのは変わらないのである。あー、切ない。

そんな中、学園では先日行われた一学期中間テストの結果が張り出された。

「おぉ、さすがだね、マーシャ」

それを見たアラン様の感嘆した声が廊下に響き渡る。

「ありがとうございます」

張り出された結果のトップには私の名前。二位に対して三〇点もの差をつけての一位である。

「アラン様はどうだったんです？」

「残念だけど僕はそこそこだったよ。やっぱりクワンダにいる時とは勝手が違ってね」

そう言って肩を竦めるアラン様だが、私はちゃんと知っているのですよ。アラン様のファンが騒いでいましたもの。

「アラン様のそこそこというのは随分レベルが高いのですね」

トップ一〇入りしておいて何がそこそこだ。全生徒に謝れ。

「むむ、意地が悪いことを言うね」

「わざわざ一学年下の私の結果を見に来るアラン様ほどではありませんよ」

「君の順位はいじめの抑制にもなるだろう。気になるのは仕方がないじゃないか」

「この程度で抑制になってくれますかね……」

逆に火に油を注ぐことになってなければいい。

アラン様が私を心配して頻繁に訪ねてくれているのは理解しているのですけどね、最近女生徒たちの視線にアラン様関連が交じるようになったんですよ。うーん、世知辛い。

「それにしてもお見事だよ。もっと自分を褒めてあげなさい」

「ふふ、ありがとうございます。でも今回は優しい問題が多かったので、運が良かっただけだと思うんですけどね」

そう言った瞬間、背中にぞわりとした寒気が走った。強い視線を感じて振り返ると、銀縁眼鏡をかけた男子生徒がすごい形相で睨みつけてくるものだから、もうびっくり。

「……ええ……怖っ」

これでもかっていうくらい顔を歪めて唇を噛みしめている。銀縁眼鏡から覗く眼差しで人が殺せるなら、きっと私は即死間違いなしだろう。

「あ、アラン様……っ」

思わず隣にいるアラン様の袖を引っ張り、そそっと背後に隠れる。

「マーシャ？」

私のそんな様子に怪訝《けげん》な顔をしたアラン様だったが、すぐにその原因に気づく。

「……知り合いかい？」

フルフルと横に首を振る私。同級生ではあるが直接話をしたことはなく、そんな恨めしそうな目に見られる覚えもない。だがしかしクズの婚約者というだけで嫌われている私だ。身に覚えがなくとも、どこかで恨みを買っているかもしれない。

「……あの……ぉ……」

「ひゃうっ」

くんっとドレスの裾を引っ張られた感触に、ドキンと心臓が縮み上がった。変な声も出るし。

「ぷっ……くくく」

「アラン様、笑わない！」

いやだって、びっくりしちゃったんだもん。戦々恐々としていたところに突然裾を引っ張られたら、変な声くらい出るでしょ！

込み上げてくる羞恥を必死に堪え平静を装い振り返ると、やたらと大きな眼鏡をかけたおさげの少女がそこにいた。

「あの、あの……驚かせてごめんなさい。私、ディアソン男爵家が次女、コレットと申します」

「マーシャリィ・グレイシスです。こちらこそごめんなさい。お恥ずかしいところをお見せしてしまって……。それで何か御用でしょうか？」

話しかけてきたということは、何か用があるのだとは思うのだけれど予想がつかない。

「えっと、あの……、ダドリー様です」

「え？」

私の理解能力が低いのだろうか。知らない名前が出てきた脈絡がわからず首を捻る。

「あの、だから……、その……」

しどろもどろになるコレットさんの次の言葉を辛抱強く待っていると、助け船を出したのは未だに笑いが収まらないアラン様。

「もしかして、彼のことかい？」

視線だけを男子生徒に向けて聞くと、コクコクと小さく何度もコレットさんは頷いた。

その様子はまるでハムスターのようで、何か可愛いなぁ。

「……ごめんなさい……」

その庇護欲を誘う仕草で、しゅんと謝るものだからますます可愛らしい。

「んんっ。えっと、コレットさん」

そんな極限まで眉を下げた顔しないで。別に私が何かしたわけでもないのに罪悪感にかられてしまう。

「……別に貴女が謝ることではないのでは？」

睨みつけているのはダドリーと呼ばれている男子生徒であり、コレットさんではないでしょう？

「でも、彼は婚約者なんです……」

「それはコレットさんの？」

「……はい。だから……その……」

婚約者に代わってコレットさんが謝罪を、ということなのだろう。わぁ、健気。

「ダドリー様はずっと首席だったんです……。でも今回はグレイシス様に抜かされてしまって……」

「私が一位を取ったから、あんなに怒っているということですか？」

私の言葉に、コレットさんは首を横に振った。

「いえ、それだけではなくお二人のお話が聞こえたのかと。マーシャリィさんが優しいテストだったって、運が良かったっておっしゃっていたから、それが許せなかったんだと思います」

それはどういうことだ？

「あの……今回のテスト……、いつもより難易度が高かったと生徒の中では言われているのですが……ご存じではありませんでしたか？」

「……え？」

思わず聞き返すと、コレットさんは神妙な顔でコクンと頷いた。

「知らなかったのですね……」

ほぅ、とつかれたため息が胸に突き刺さる。

どうせアラン様以外の親しい友人なんていませんよ。でもそんなことで弊害があるなんて思いもしないじゃないですか！　アラン様の同情に満ちた眼差しが痛い。

「あらぁ……、それはやっちゃったね。知らなかったとはいえ彼には随分な嫌味に聞こえたんじゃないかな。しかも三〇点もの差をつけて圧勝してるし」

「あぅっ」

「まぁ、社交を疎《おろそ》かにしていたツケが早々に回った感じかな？　ね、マーシャ」

「…………ぅぅ」

別に疎かにしていたつもりは……、ないとは言い切れないのがつらい。

確かに私は嫌われている。主にラウルが原因で。だが生徒全てはラウルのファンたちではないし、私に対して同情的な考えを持った人たちだっていただろう。私から積極的に行動を起こしていれば、今頃友人の一人や二人いたかもしれない。

「人見知り、まだ直っていないの？」

「……っ」

反論が全くできない。これでも努力はしようとしたのですよ。ただ意気揚々としていたところ出鼻を挫《くじ》かれて立ち直れなかっただけで。ただの言い訳なことはわかってる。自業自得なことも。

「……何てこった」

　はぁぁぁ、と深く深呼吸をしてから私はコレットさんを向き直った。

「え……っと、コレットさん？」

「はい」

「んと、やっぱり貴女が謝ることではないかなって思います。むしろ私はコレットさんにお礼を言いたい」

「え……っ？」

　睨まれた原因は、彼の矜持《きょうじ》を傷つけた私にある。それがたとえ無自覚であったとしてもだ。もしそのことに気づかずにいたら、コレットさんの婚約者だけではなく、違う誰かも傷つけていたかもしれない。

「私は生徒から遠巻きにされていることを自覚しています。そんな私に話しかけるのは勇気が必要だったでしょう？」

　それが婚約者の為の謝罪が目的だったとしても、私はコレットさんに感謝したい。

「だからコレットさんにお礼を。教えてくれてありがとう」

　貴女のおかげで自分の怠慢に気づけました。そして同じことを繰り返さずに済みました。正直なところ、だからといってあんなに睨むことはないんじゃないの!?　という気持ちがないわけではない。やっぱり怖かったし腹も立つ。けれどそれはコレットさんが婚約者の為に謝罪をしてくれたことで消化する。そう決めた。

「えっと、え、え、っと……っ！」

お礼を述べたことで、コレットさんは目に見えてアワアワと動揺していたけど、これはチャンスだと私の何かが告げていた。

「で、なのですが……」

私はうろたえているコレットさんに詰め寄るように一歩近づいた。

「もしよろしければ、なのですが……」

とか言いつつ、コレットさんを逃がすつもりはない。

「……私とお友達になってくれませんか？」

きゅっと優しくコレットさんの手を握りしめてお願いをした。そしてコレットさんの様子を窺うと、目を大きく見開き、あんぐりと口を開けている。

「っ……はぅ、あ、はい！　よ、喜んで!!」

ひゅっと息を飲んだ後、瞳に涙をためながら大きく頷くコレットさん。

「本当に？」

その涙は怯えからきたものではないですよね？　逃がすつもりはないけれど、強制はしたくないのですよ。もし今断られたら、時間をかけてじっくりと懐柔するつもりだっただけで。

「も、もちろんです。あの、あの、よろしくお願いします！」

がばっと音が聞こえそうなくらいの勢いで頭を下げるコレットさんに、私もテンションダダ上がり。

「こ、こちらこそ、よろしくね!!」

ちょっと声がひっくり返っちゃったけど、見逃して。嬉しくて堪らないだけだから！

お互いに顔を真っ赤にさせて頭を下げるその様子を、アラン様が生暖かい眼差しで眺めていることも気づかず、私はお友達ができた興奮でいっぱいだったのである。


それからというもの、陰々鬱々していた私の学園生活は一転した。

もう毎日が楽しい。アラン様も私を気にかけて一緒に過ごしてくれたけれど、どうしても学年が違うと都合がつかない時もある。だがコレットは同学年だ。一緒に過ごす時間が多くなるのは当然の結果である。

コレットは最初の印象通りの令嬢で、イメージは正にハムスター。いちいち動作が可愛らしくて堪らんのです。一緒にいると顔の頬筋緩みまくり。可愛いは正義である。今や「コレット」「マーシャさん」と呼び合う仲にまでなれた。呼び捨てでもいいのに、と言ったら時の返答には悶《もだ》えました。「まだ恥ずかしいです……」ですって。あざといけど可愛いな、もう!!　友達最高、コレット最高である。

そんな幸せを噛みしめている私に水を差したのは、例のコレットの婚約者のダドリー・アダムス。

「マーシャリィ・グレイシス、君に決闘を申し込む。僕とコレットを懸けて決闘しろ!!」

「はい!?」

私が一人でいる所に突然現れて開口一番これである。決闘って剣や銃を使って戦う、アレのことですよね!?

「もちろん令嬢の君に剣を持てなんて言わない。決闘方法は期末テストの点数で争うのはどうだ！」

「えー……、どうだと言われましても、なぜ私が？」

しかもコレットを賭けてって、彼女は物じゃない。私の可愛いハムス……ん、友達である。賭けるなんてとんでもない。

「なぜって、君がコレットをたぶらかすのがいけないんじゃないか。彼女は僕の婚約者だぞ！」

「貴方がコレットの婚約者なのは存じております。ですがたぶらかすなんて、人聞きの悪いことおっしゃらないでくださいませ」

いきなり何を言ってくれてるんだ、この人。むしろコレットの可愛さに私がたぶらかされていますが？

「たぶらかしているだろ。先日の休日だって僕がデートに誘ったのに、君との約束があるからって断られたんだぞ。しかも休み明けに見たらあれは何だ！」

その台詞に、思わずニヤリ。見たのね。今日のコレットを見たのね！

「とんでもなく可愛くなっているじゃないかぁ!!!」

ふはははは、それは間違いなく私とアラン様の仕業です。

「せっかく今まで僕が隠してたのに、みんなにコレットの可愛さがバレちゃったじゃないか!!」

つまり、あの野暮ったい格好をさせていたのはお前か！

仕草の可愛いコレット。けれど可愛いのは仕草だけでなかったのだ。

顔のサイズに合っていない大きな眼鏡と、野暮ったい三つ編みのおさげがコレットの魅力を半減させていただけで、元の容姿はすこぶる可愛かった。だが当の本人はそんな自覚が全くない。むしろ「わたしなんて」と全く自信がないのだ。どんなに私とアラン様が褒めても、お世辞だと思われるばかり。そんな頑《かたく》なコレットに、私とアラン様とで大改造作戦を決行したのである。

顔半分の面積を占めていた大きな眼鏡を取り除き、野暮ったい太いおさげを顎のあたりに切り揃え、内巻きにクルンと巻く。たったそれだけで大成功。素材の良さが活きた、とんでもなく可愛いコレットが出来上がったのだ。

休み明けに登校したコレットにみんなびっくり。一躍人気者である。それの何が気に食わないというのだ、この男は。

「何てことをしてくれたんだ。こんなんじゃ僕の計画は台無しだ！！！！」

聞き捨てならない台詞を言いましたね。

「……その計画とは何です？」

「それは君には関係ないだろ」

関係なくはない。もしその計画とやらが、コレットを悲しませるようなことだったら絶対阻止に決まっているでしょうが。

「あら、私のせいで計画が台無しなのですよね。聞く権利があると思いますけど」

何の権利だ。無理やり理論であることは自覚している。だけど絶対に引かない。

「それは……そうかもしれないが」

「そうでしょう。それに私のせいだというのなら責任を負う必要もありますわ」

責任なんて負う必要はどこにもない。

「だが……」

「もし、その計画とやらに私ができることがあれば協力もできますし」

「う、うーん……、そうか？」

「ええ、そうですよ！」

「それじゃ……、話しても、いいかな？」

私の無理やり理論で納得してくれてありがとう。その気になったんですから、忘れないうちにさっさと吐きましょうか、その計画とやらを。

でもそんなにちょろくて大丈夫？　逆に心配になるな、この人。

そしてその計画を聞き出した結果、私が撃沈した。

所変わって場所はいつものサロンである。

私はアラン様をわざわざ呼びだして、事のあらましを洗いざらいぶちまけた。というより、誰かに吐き出さないと私の方がどうかなりそうなくらいに堪らない気持ちが大暴走だったのだ。

「それは、何て言うか、何て言うかだね……っ！」

話を聞かされたアラン様も、私に続いて撃沈した。

「で　す　よ　ね　!!」

力いっぱい同意である。

アラン様と二人でジタバタと悶え苦しんでおります。傍《はた》から見ると間違いなく変な人である。

「まさかプロポーズの為に首席を取り続けるのが必須だとは思わないじゃないですかぁ！」

そりゃ二年間首席を守ってきたのに、ぽっと出の私に奪われたら睨みたくなるよね。

「しかも、プロポーズ決行日は卒業パーティですよ。五年間ずっと首席を取り続けるつもりだったんですよ、彼！」

並々ならぬ情熱。コレット愛されてるわー。

「その間にコレットを誰かに取られたら嫌だからって、眼鏡とおさげ姿のコレットが好きだって褒め称《たた》えていたんですよ！」

どうりで眼鏡を外すのも髪を切るのも及び腰だったわけですよ。婚約者好みの装いをしていただけだもの。もう、コレットったら健気！

「自分色に染まってほしいって意味を込めてドレス一式を贈りたかったって。その時初めてコレットはこんなに素敵な女性なんだって皆に見せびらかす気だったって……。皆に祝福されて幸せそうに笑うコレットを見たかったって……っ！」

何だその計画は!?　自分本位で自己陶酔しすぎでしょうが！　正直その時はそう思った。だけど、あんなにすごい形相で睨みつけていたダドリー君が、その計画を私に話していく段階で少しずつ頬が緩んでくるわけですよ。照れたり、はにかんだり、特にコレットの話になると、幸せそうな、本当に好きって笑顔を見せるのだ。

その上、この独りよがりな計画を、本気で実行しようと真面目に頑張っていたんだなって思ったら……。

「とんでもなく可愛いな……もうっ!!」

あまりの可愛さにダドリー君呼ばわりである。もちろん許可は取っていない。

可愛い婚約者を持つダドリー君は、その婚約者に負けないくらいものすっごく可愛い人だった。

「ふぅ、ふぅ、それで、決闘は結局、受けることにしたのかい」

「ええ、はい。受けないという、選択肢はなかったですね」

あまりの興奮に息が整わない二人である。

「断れないです。あれは断れない……っ。断ったら駄目ですよ、あれは」

協力？　当然するに決まっている。だってほら、計画を台無しにした責任取らないとね。

前言撤回、バッチ来いだ。

「じゃあ、決闘とやらには負けてあげるのかい？」

「いやいや、そんなことしませんよ。正々堂々と勝負はします。わざと負けるなんて真似したら、またダドリー君のプライドを傷つけちゃいますからね」

そんなかわいそうなことできない。

「それにダドリー君に嫌われたくありません」

「……好かれてないでしょ？」

「時間をかけて徐々に信頼関係を築いていけば無問題です」

まだまだ卒業までは三年もあるんですから余裕、余裕。むしろ絶対に逃がさない。


その後、私とダドリー君の決闘話は瞬く間に学園中の噂になった。

話を聞きつけたコレットが泣きながら突撃してきたのは大変だったが、優しく優しく説得したら納得してくれました。その様子をダドリー君に見られて、「そそのかすなって言っただろ！」とツンツンされましたけど、それもまた良しである。

そして、あっという間に期末テストの日が訪れたのだった。

結果が張り出されたのは、テストから一週間後。

廊下には私とコレット、ダドリー君にアラン様だ。少し離れて野次馬集団もいる。

「なんでだ、どうしてだ……っ」

「マーシャ。ちょっと本気出しすぎではないかな……？」

「わぁ、すごい。さすがマーシャさんです！」

呆れた声のアラン様とは反対に尊敬の眼差したっぷりに見つめてくるコレット。そんな二人の間に挟まれたダドリー君の呟きは切なさ満載だ。

「僕は一問しか間違えなかったのに……満点って……満点っって!!」

うん、ごめん。本気出しすぎた。テストを受けた時に手ごたえはあったけど、まさか私も満点を取るとは思わなかったのよ。

「どうやって満点なんて取れるんだ。どうやって勉強したんだよ。グレイシス嬢!!」

私に摑みかかる勢いでダドリー君が聞いてきたので、素直に答えてみる。

「えーっ……と、ここ五年分の過去問と今学期に学んだことの復習、そして来学期の予習をしただけなんですよ。テスト範囲も限られていましたし」

「過去問は誰からもらったんだい？」

「昨年のものは先生にお願いすればもらえました。それ以前のものは図書室の参考書棚にまとめてありましたから」

え、そんなのあるんだ？　という野次馬の声が聞こえた。案外知らない人は多いようだ。

あんなに堂々と置いてあるのにね。

「あとは先生の癖さえ読めれば……」

「それだけでは満点は取れない！」

そのくらいはダドリー君もやっていたのだろう。

「過去問一〇〇問を解くといいですよ。私はその中から苦手な問題を抜粋して、似たような問題をまた一〇〇問解いていく。それを二か月くらい毎日続けましたね」

もちろん基礎ができていてのやり方ではありますけどね。あくまでも私にはこの方法が合っていただけで、人それ自分に合った勉強法というのはあると思いますが。

「それに予習復習もだろう。エグイことやっていたんだね、君は」

アラン様が変なものを見るような視線を向けてきた。変人扱いしないでくれますかね。

正々堂々本気を出すってダドリー君と約束しましたから実行しただけですよ。

「……累計六〇〇〇問以上……」

そうポツリと呟いたダドリー君は、私の説明に納得したのか、それとも潔く負けを認めただけなのか、ダドリー君は小さい声で「完敗だ」と言った。

だが、それに納得しない人が野次馬をかき分けてやってきたのだ。

「その決闘の結果、不正ではありませんの？」

突然現れた令嬢に、私たち皆の視線が集まる。

「貴女は？」

「わたくしのことなどどうでも良いことでしょう？　今はグレイシス嬢の不正を暴くことを優先するべきですわ」

　不正も何もそんなものありませんが？　しかも人にあらぬ疑いをかけておきながら、名乗らないとはどういった了見ですかね。

「不正とはどういうことだ？」

　私が言い返そうとする前に、ダドリー君が反応した。

「だっておかしいと思いませんの？　いくらグレイシス嬢が才女と名高いと言っても、グラン国立学園に通い始めてから数か月程度ですわ。満点など取れるわけがないではありませんか」

　この人、私の説明聞いてなかったのかな。

「では点数を改ざんしたとでもいうのか。採点するのは教師だぞ」

「点数を改ざんするだけが不正ではありませんでしょう。そう、例えば事前にテスト内容を横流ししてもらっていた、なんてこともあるのではないかしら？」

「不正に手を貸した教師がいると言う気か」

「ええ、だってグレイシス嬢はクワンダ国の第一王女とお親しいというではありませんか。彼女は未来の王妃さまですわ。その権威を借りたとしたら、教師とて拒めないのではない？」

　ねぇ、皆さんもそう思いになるでしょう？　と令嬢は周囲の生徒たちに同意を求める。

するると、どこからともなく同調する声が上がり始めた。

「でもね、わたくし最近クワンダ国の第一王女に関して耳にしましたの。何でも王太子殿下との婚約は解消となり、我が国に嫁いでくるのは第二王女となるというではありませんか」

ふふん、と優越感に浸った表情を浮かべ、私に向かって扇を突き付ける。

「次期王妃ではなくなるのであれば、第一王女の権威はもうお使いになれませんでしょう？　化けの皮が剝がれる前に謝罪しておいた方が貴女の為ではないかしら」

「謝罪だと……？」

「ええ、不正を行って成績を改ざんした謝罪ですわ。もちろん神聖な決闘を汚した謝罪もしていただかないとね。土下座でもされたらいかがかしら。ね、アダムス様」

令嬢が同意を求めるが、当のダドリー君は心底呆れかえった表情を浮かべる。

「……君は馬鹿か？」

「な……っ、何ですって⁉」

期待していた同意を得られず、逆に蔑視された令嬢は持っていた扇をフルフルと震わせ始めた。

「わたくしは貴方の味方をしているのですわよ。それを何です。わたくしを馬鹿と言いましたわね！　失礼にも程がありますわよ‼」

「馬鹿としか言いようがないじゃないか。グレイシス嬢がクワンダ国王女の権威を借りたっていう証拠はどこにもないだろ」

「何を言っているのですか。実際にこの人は私たちに自分がクワンダ国王女のお気に入りだといって牽制をしてきましたわ！」

私が言ったのではなくてアラン様が言ったのですよ。間違えちゃいけません。自分の口から「私は王女のお気に入りなんです」なんて、どんな羞恥プレイだ。

「君たちが勝手に牽制だって思っただけだろ。それは牽制をされるようなことを君たちがグレイシス嬢にしていたからじゃないのか？」

そうそう。ダドリー君大正解。

「な……っ、な……！」

「それにグラン王立学園の教師が権威に屈するなんてあり得ない。ここは貴賤《きせん》関係なく平等を謳《うた》って設立された学園だ。去年ご卒業された第二王子殿下のことだって、教師が優遇したことなんてあったか？　皆見たことないだろ。そんな誇りを持った学園の教師が不正に手を貸したなんて、侮辱するものじゃない」

「侮辱なんてしてませんわ！」

「君が言ったことはそういうことだよ」

「……っ」

「そもそも、君たちがグレイシス嬢をいじめていること自体がおかしな話だろ。彼女が君たちに一体何をしたというんだ。ただラウル先輩の婚約者ってだけじゃないか。それだって文句を君たちが言う筋合いはどこだよ。何の権利があって家同士で決めた婚約に文句を言っているんだ」

「そ、それは……っ」

「それに、この決闘は僕がコレットを取り戻す為のものだ。味方だなんて言って、君のくだらない嫉妬や妬みを僕たちの神聖な決闘に持ち込まないでもらおうか!!」

ご令嬢に二の句を継がせない、ど正論。お見事だ。きっぱり言い放ったダドリー君に、私は思わず拍手である。

「な、何だよ……拍手なんてして……」

その拍手に怯《ひる》むダドリー君。

「だって、よく言ってくれましたと思って」

うん、私が口出す隙、全くなかったしね！

「僕たちの出番が必要ないくらい、君は完璧だったよ」

アラン様も私と同じようにダドリー君に拍手を送った。

本当に完璧な論破。もし我が親友がこの場にいたら、盛大に拍手を送っていることだろう。

「テストは私が勝ったけれど、この場の勝者は間違いなくダドリー君ね」

「え……？」

「間違いない。君が勝者だ」

アラン様が断言すると、わぁっと同意するように生徒たちが歓声を上げた。

「ダドリー様、素敵です」

歓声の中、コレットがダドリー君を見上げて笑う。

「え、コレット……、それは本当？」

顔をほんのり赤く染め、聞き返すダドリー君にコレットは力強く頷いた。

「はい。コレットはダドリー様の婚約者でいることが誇らしいです！」

そのコレットの満面の笑みに、ダドリー君ノックアウト。鼻血でも出しそうな勢いで顔が茹《ゆ》で上がっている。

「……っありがとう、コレット。僕も君が婚約者で良かったと思ってる」

「うふふ、嬉しい」

二人の世界突入。囃《はや》し立てる周りの声なんて聞こえてやしない。

ダドリー君の為に遠巻きにされていた私に勇気を出して話しかけてくれたコレット。そしてそのコレットの為に決闘まで申し込んできたダドリー君。貴族の婚約は家の利益の為が多いが、この二人は間違いなく相思相愛だ。

「何よ……何よ‼」

その空気をぶち壊したのは、名もなき令嬢。

「私は間違っていないわ！　その女はクワンダ国王女の権威を笠《かさ》に着てアラン様を侍らしているではありませんか。そうでしょう⁉」

まだ言うんだ。あれだけ完膚なきまでに論破されて、まだ言い返す元気があるとは驚きだ。しかも侍らかすって……。ダドリー君にはたぶらかすとも言われたな。

「ラウル様の婚約者でありながら、他の男性と親密になるような人なのですよ、グレイシス嬢は！」

負け犬の遠吠《ぼ》えかな。それともただ往生際が悪いだけかな。もしかしたら、ご令嬢のお目当てはアラン様なのかもしれない。

私とアラン様は顔を見合わせて苦笑した。親密と言われてもおかしくないほどには仲が良いのは事実だ。

「あの、言葉を挟むようで申し訳ないのですが……、皆さんがマーシャさんを遠巻きにしなければ、アラン様はここまでマーシャさんと共にすることはなかったと思いますよ？」

コレットが極限まで眉を下げて、恐る恐る発言した。

「実際に、私が行動を共にし始めるとアラン様がマーシャさんを訪れるのは頻繁ではなくなっていましたし……」

そりゃそうだ。アラン様は一人ぼっちの私を心配してわざわざ訪ねてくれていたのだ。そこに不純な動機はない。彼には彼の交友関係があるのだ。

「それに……マーシャさんとアラン様が、その、男女の仲になるのは無理と思います」

だって、と言いかけて、コレットはハッと口元を手で押さえた。そしてアラン様を見上げ、眼差しだけで「言ってもいいものですか？」と問いかけた。

「ふふふ、ありがとうコレット。君の気遣いに感謝するよ。後は僕に任せて」

「まぁ、そうですか。では……」

とあっさりと引き下がるコレット。元々目立つのは好きじゃないのに、私の為に頑張ってくれてありがとう。コレット、大好き。

「マーシャもそれでいい？」

「どうぞ、どうぞ」

きっと本人の口から聞いた方が真実味があるし、もしこの令嬢のお目当てがアラン様だったとしたら、現実を知るのもいい機会になるだろう。残酷か残酷じゃないかと言われたら残酷かもしれないけどね。

「な、何ですの？」

怯える様子を見せる名もなき令嬢に、アラン様はそれはそれは麗しい笑顔を見せた。爽やかな好青年の笑みとは全く違う微笑み方。

「……っ」

それを目の当たりにした令嬢は、真っ赤に顔を染めハクハクと音にならない悲鳴を上げた。うん、その反応、わかるわー。その笑顔の攻撃力、半端ないよね。

「僕とマーシャは紛れもなく友人さ。それは僕の国の友人たちが保証してくれるよ。けど、君には僕から証明してあげようかな？」

そう言って、ゆっくりと令嬢に近づくアラン様。

「ひ……っ」

そこまで怯えなくても取って食いはしないと思いますよ。

「ふふ、怯える子猫ちゃんも可愛いね？」

顔面近くまで迫ったアラン様に、令嬢は腰が抜けてしまったようだが、倒れ込むことはない。アラン様がしっかりと抱き込むようにして支えたからだ。

周囲の野次馬が上げた悲鳴の中、令嬢の耳もとに唇を寄せたアラン様が囁いた。近くにいても悲鳴でかき消された台詞は、令嬢だけにはしっかり聞こえたことだろう。

そして次の瞬間には、かわいそうになるくらい青ざめ卒倒した。ご愁傷様。

アラン様が令嬢に何を言ったのかはわからない。ただ一つだけ言えるのは、アラン様は男性だけど、私にとって異性ではないということだけだ。

とりあえず、この一件はこれで終幕である。


「ところで、ダドリー君はどうして私が不正をしていないって信じてくれたの？」

不正をした証拠もなければ、していない証拠もなかったのに。

そう私が聞くと、ダドリー君はさも当然のように言い切った。

「コレットが懐いている君が、そんなことをするわけないいじゃないか」

コレットありきでの信用かい。どれだけベタボレなのよ。まぁ、ダドリー君らしくて納得だけども。


婚約者に裏切られたので、子爵令嬢から王妃付き侍女にジョブチェンジしてみた／完

CW01021572

NOVELS

婚約者に裏切られたので、子爵令嬢から王妃付き侍女にジョブチェンジしてみた

発行日　2021年5月25日 初版発行

著者 雉間ちまこ　イラスト 煮たか

発行人　保坂嘉弘

発行所　株式会社マッグガーデン
〒102-8019 東京都千代田区五番町6-2
ホーマットホライゾンビル5F
編集 TEL：03-3515-3872　FAX：03-3262-5557
営業 TEL：03-3515-3871　FAX：03-3262-3436

印刷所　株式会社廣済堂

装　幀　小椋博之、佐藤由美子

ISBN978-4-8000-1081-0 C0093

著者へのファンレター・感想等は「雉間ちまこ先生」係、「煮たか先生」係までお送りください。